Dino

Nina Varelli

HINTER GITTERN
der Frauenknast

Die Geschichte der Sofia Monetti

Dino

Die Deutsche Bibliothek – CIP-Einheitsaufnahme

Ein Titeldatensatz für diese Publikation ist bei der Deutschen Bibliothek erhältlich.
Bd. 12: Die Geschichte der Sofia Monetti

Dieses Buch wurde auf chlorfreiem,
umweltfreundlich hergestelltem
Papier gedruckt.
In neuer Rechtschreibung.

Vielen Dank an Anja Schierl, Redakteurin für „Hinter Gittern“ bei RTL, für ihren Einsatz und ihre Unterstützung bei der Entstehung dieses Buches.

Cheflektorat: Verónica Reisenegger
Redaktion: Waltraud Ries
Fotos: Heyde & Pausch
Umschlaggestaltung: tab werbung GmbH / Holger Stracker, Nina Ottow, Stuttgart
Satz: Greiner & Reichel, Köln
Druck: Graphischer Großbetrieb, Pößneck
ISBN: 3-89748-310-6

Dino entertainment AG im Internet: www.dinoAG.de
Bücher – Magazine – Comics

Erster Teil

Prolog

„Ciao! Ciao Sofia. Ciao Massimo! Ciao!" „Schreib uns!" „Vergiss uns nicht!" „Passt gut auf euch auf in Deutschland. Berlin soll eine ziemlich große Stadt sein!"

Alle riefen durcheinander und umarmten Sofia. Freunde, Verwandte und viele Nachbarn waren in die Via Roma gekommen, um sich von Sofia und Massimo Monetti zu verabschieden. Sofia lachte, sie umarmte jeden Einzelnen, verteilte Küsse und strich den vielen Kindern aus der Nachbarschaft übers Haar. Ihr Vater stand ein wenig abseits. Er beobachtete den Tumult, und in seinen Augen war ein Hauch von Wehmut zu sehen. Sofia ging zu ihm.

„Ciao Papa!", sagte sie und schenkte ihm ein aufmunterndes Lächeln.

„Du siehst wunderbar aus, mia cara, meine Liebe." Die Stimme ihres Vaters klang stolz, während er sie von Kopf bis Fuß betrachtete. Es stimmte! Sofia war mit ihren 29 Jahren eine sehr gut aussehende Frau. Trotz ihrer zwei Kinder hatte sie eine schlanke Figur, ihr langes schwarzes Haar trug sie offen, es umrahmte ihr hübsches Gesicht mit dem typisch olivfarbenen Teint der Süditalienerinnen. Der Vater umarmte sie und drückte ihr ein kleines, in Geschenkpapier eingewickeltes Päckchen in die Hand.

„Aber erst aufmachen, wenn ihr über die Grenze gefahren seid."

„Danke Papa!" Sofia löste sich aus der Umarmung und lächelte ihren Vater an. Sie spürte, wie ihr die Tränen in die Augen stiegen, schnell wandte sie sich ab und schnäuzte sich energisch in ihr Taschentuch. Sie mochte es nicht, wenn andere sie weinen sahen.

„Sofia! Bist du soweit?", hörte sie in dem Moment die Stimme ihres Mannes. Sie suchte ihn mit den Augen. Er stand am Wagen, zusammen mit seinem Vater Salvatore und seinen zwei Brüdern. Alle hatten das Gesicht in ihre Richtung gewendet und schauten sie abwartend an. Sofia nickte ihnen zu. Sie umarmte ihren Vater ein letztes Mal. Dann ging sie zu ihrem älteren Bruder Alfredo. Der Abschied von ihm fiel ihr besonders schwer. Er war ihr Beschützer gewesen, all die Jahre, in denen es noch keinen Massimo gegeben hatte. Er war immer für sie da gewesen.

„Pass auf dich auf, mia cara", flüsterte er in ihr Ohr. Sofia nickte tapfer und eilte zu Massimo.

„Bist du bereit?" Massimos Stimme klang rau, er legte seiner Frau die Hand auf die Schulter. Sofia nickte. Nun war der Moment gekommen, auf den sie seit Wochen gewartet hatte. Sie würde Palermo verlassen, um nach Deutschland zu gehen. Nach Berlin!

„Alles wird gut!", sagte Massimo leise in ihre Richtung und Sofia lächelte verhalten. Sie kannte ihren Mann gut genug, um zu wissen, dass auch ihm dieser Abschied von Palermo tief ins Herz schnitt. Obwohl er schon seit zwei Jahren in Berlin lebte und dort alles für Sofia und die Kinder vorbereitet hatte, war dieser Abschied hier etwas anderes, weil er für sie alle endgültig war!

Sofia wandte ihren Blick von Massimo und schaute zu ihren beiden Kindern: Luigi und Stefano. Sie waren ihr Ein und Alles! Und wie tapfer sie waren, keine Träne hatten sie vergossen als es hieß, dass sie nach Berlin gehen würden. Dabei gaben sie alles auf, was Kindern in diesem Alter so wichtig war: Die Freunde, die gewohnte Umgebung, ihre Großeltern und die Sprache. Aber sie waren noch kindlich genug, um voller Abenteuerlust zu stecken. Sie waren zwar traurig, ihre alte Heimat zu verlassen, doch sie waren mindestens genauso neugierig auf das unbekannte Berlin. Sofia seufzte. Sie musste es genauso wie ihre Jungs machen und sich auf das Unbekannte freuen.

„Andiamo!", rief ihr Mann. „Los, los, ab in das Auto. Wir wollen noch vor der Mittagshitze in Neapel sein."

Sie stiegen in den alten Fiat, der ihnen schon so viele Dienste erwiesen hatte. Jetzt sollte er sie in ein neues Land bringen. Langsam rollte das Auto über die alte Prachtstraße Palermos, die Via Roma. Sofia schnäuzte sich. Palermo! Hier war sie groß geworden, hier hatte sie mit ihrer Familie gelebt und ihre große Liebe kennen gelernt.

Palermo! Wie ein Film zog die Vergangenheit an ihr vorüber. Sie lehnte ihren Kopf an die kühle Autoscheibe, schaute in den wolkenlosen Himmel und erinnerte sich an früher.

1

Sofia hielt ihre Bücher fest unter den Arm geklemmt und lief nach Hause. Es war früher Nachmittag und in den Straßen Palermos herrschte eine sengende Hitze, die nur durch einen leichten Sommerwind erträglich wurde. Sofias geblümtes Kleid wurde bei ihrem Laufschritt leicht aufgebläht und der lustige Pferdeschwanz wippte immer hin und her, sobald sie einen größeren Sprung machte. Sie hatte es eilig, nach Hause zu kommen, bestimmt wartete ihre Mutter schon mit dem Essen auf sie. Aber in der Schule hatte es heute länger gedauert, weil sie noch das Sommerfest vor den großen Ferien besprechen mussten.

Sofia ging in die fünfte Klasse der Mädchenschule nahe der Kirche Sant'Anna. Jedes Jahr vor den großen Ferien wurde ein riesiges Sommerfest veranstaltet, und immer war eine andere Klasse für die Vorbereitungen verantwortlich. Dieses Mal war es die Klasse von Sofia. Es wartete viel Arbeit auf die Mädchen und sie waren allesamt schon ganz aufgeregt. Sie mussten für die vielen Verkaufsstände basteln und Kuchen organisieren, natürlich mussten auch die verschiedenen

Aufgaben unter den Schülerinnen verteilt werden: Wer verkaufte Lose und wer die selbst gebackenen Kuchen? Wer war für die Schulhofdekoration zuständig und wer für die Aufräumarbeiten?

Sofia kickte übermütig einen Kiesel, der auf der Straße lag, mit dem Fuß davon. Außerdem wollte ihre Klasse in diesem Jahr einen Abend lang italienische Weisen zum Besten geben. Darauf freute sich Sofia ganz besonders. Sie trällerte für ihr Leben gerne diese Volkslieder, die von der Liebe und großen Abenteuern erzählten. Wenn sie sich vorstellte, dass ihre Mutter, ihr Vater und die Geschwister im Publikum sitzen würden, während sie auf der Bühne sang, bekam sie regelrechtes Bauchweh vor Aufregung.

Sofia war so in Gedanken, dass sie die Zeit darüber ganz vergessen hatte, und wieder in einen langsamen Trödelschritt verfallen war. Plötzlich hörte sie die Kirchenglocke schlagen. „Schon ein Uhr mittags!", stellte sie mit Schrecken fest. Bestimmt wartete ihre Mama schon auf sie. Normalerweise half Sofia immer bei den Essensvorbereitungen. Wer sollte es auch sonst tun? Ihre kleine Schwester Rosalia war mit ihren 7 Jahren noch zu klein, und der neunzehnjährige Alfredo hatte als Mann in der Küche nichts zu suchen. Keiner der Männer arbeitete in der Küche, höchstens im Ristorante. Ihre Eltern hatten nämlich ein Restaurant und da stand der Vater hin und wieder an den Töpfen. Bei dem Gedanken an das Restaurant und an Essen erschrak Sofia erneut. Ihre Mutter hatte das Mittagessen inzwischen sicher fertig und wartete auf Sofia. Wie konnte sie nur so trödeln? Sie drückte die Bücher fest an ihren Körper und rannte das letzte Stück.

„Hallo Mama!“ Sofia kam in die Küche gehetzt und gab ihrer Mutter einen knappen Kuss. Maria Sabatiano sah nur kurz hoch, während sie weiter mit einem Holzlöffel in einem großen Topf rührte.

„Es ist spät geworden, Sofia“, erwiderte sie streng. „Wir warten schon mit dem Essen auf dich.“

„Wir haben aber doch das Sommerfest besprochen, es muss noch so viel gemacht werden, und dabei sind es nur noch drei Wochen bis dahin und außerdem, weißt du, dass ich singen darf? Wir müssen proben, und dann führen wir euch die Lieder auf dem Fest vor“, sprudelte Sofia heraus.

Ihre Mutter schmunzelte verhalten. Sie war eine schlanke mittelgroße Frau, ihr dichtes schwarzes Haar trug sie zu einem strengen Dutt gebunden, sodass ihr schmales Gesicht noch besser zur Geltung kam. Mit ihren lebendigen grünen Augen und dem vollen roten Mund sah sie sehr jung aus und nur, wenn sie lachte, hatte sie überall kleine Lachfältchen, die verrieten, dass sie schon um die 40 war. Sie war eine warmherzige und kluge Frau, die bei der Erziehung ihrer Kinder Strenge und Sanftmut gleichermaßen verteilte.

Sie liebte ihre Tochter und sie wollte, dass aus ihr eine anständige junge Frau werden würde. Deswegen sollte Sofia lernen, sich zurückzunehmen. Sicher war es schön für sie, dass sie auf dem Schulfest singen durfte, doch deswegen musste sie trotzdem pünktlich zum Essen sein.

„Jetzt deck erst einmal den Tisch, das Essen habe ich schon fertig gemacht", forderte sie ihre Tochter auf und nahm den Topf vom Herd. „Dann sag deinem Bruder und deiner Schwester Bescheid, dass das Essen fertig ist.

Sofia gehorchte, ohne ein weiteres Wort zu verlieren. Sie hatte verstanden, dass sie jetzt nicht mehr weiter erzählen sollte. Wenigstens schimpfte ihre Mutter nicht über die Verspätung.

Schnell deckte sie den Tisch und lief ins Wohnzimmer, um Alfredo Bescheid zu sagen, dass das Essen fertig sei. Er lag auf dem Sofa und blätterte in einem Buch über italienische Automarken. Alfredo war neunzehn Jahre alt, ein ziemlich hübscher Bursche, dem die Mädchen auf der Straße verstohlen hinterher blickten. Er würde diesen Sommer zu Onkel Vianni nach Neapel gehen. Sofia hörte ihren Papa immer von Familie und Ehre sprechen und dass Alfredo dort in die richtigen Kreise kommen würde. Sie verstand das alles nicht so genau, aber es hörte sich sehr geheimnisvoll an und sie hatte Angst, dass Alfredo bald nicht mehr bei ihnen wohnen würde.

Sofia war sehr stolz auf Alfredo, der nicht nur gut aussah, sondern auch stark war. In seiner Clique war er immer der Anführer gewesen. Er ließ sich nie etwas gefallen. Sofia hatte tiefstes Vertrauen zu ihm. Wenn sie auf der Straße geärgert wurde, dann brauchte sie nur damit zu drohen, ihrem Bruder Bescheid zu sagen, und schon ließ man sie in Ruhe.

„Na, kleines Schwesterchen? Alles gut gelaufen in der Schule? Hat es Ärger gegeben?“ Er setzte sich auf und sah Sofia abwartend an.

„Nein! Alles gut! Ich darf singen, auf dem Sommerfest in drei Wochen!“

„Du darfst singen?“ Alfredos Stimme klang erstaunt und er betrachtete Sofia interessiert. Sie wurde auch immer größer, noch ein paar Wochen, dann wurde sie bereits zwölf. „Na, da bin ich aber mal gespannt“, sagte er nach einer Weile und zwinkerte Sofia zu. „Ich bekomme doch eine Einladung?“

„Du bekommst sogar den Platz in der ersten Reihe, wenn du willst“, freute sich Sofia. Sie schenkte ihm ein strahlendes Lächeln und lief hinaus in den Flur.

„Rosalia!“, rief sie laut und stürmte die Treppe in das obere Stockwerk hinauf, wo sich die Schlaf- und Kinderzimmer befanden. Sicher war Rosalia wieder bei ihren Puppen. Obwohl sie bereits in die erste Klasse ging, spielte sie den ganzen Tag „Familie“. Sie kämmte ihre Puppen, zog ihnen ständig neue Kleider an, und dachte sich Geschichten aus.

„Komm hinunter, es gibt etwas zu essen!“ Sofia machte einen Schritt in das Kinderzimmer, das sie sich mit ihrer vier Jahre jüngeren Schwester teilte. Sie nahm eine Puppe hoch, die im Weg lag, und ihr Mund verzog sich zu einem Lächeln. Es war ihre alte Nina! Rosalia hatte sie schick angezogen und ihr die Haare gekämmt.

„Du bist wirklich die beste Puppenmami, die ich kenne!“, sagte Sofia mit sanfter Stimme.

„Meinst du?“ Rosalia strahlte ihre Schwester mit großen grünen Augen an. Ihre Haare fielen in dichten Locken bis auf die Schultern. Sie sah aus wie ein Engel. Jeder liebte sie. Wenn Sofia mit ihr auf der Straße war, wurden sie ständig angesprochen, „bella bambina“, riefen die Leute und blieben stehen, um Rosalia über den Kopf zu streichen.

Sofia fand das albern, immerhin war Rosalia weit davon entfernt, eine bambina zu sein, doch was sollte sie den Leuten vorwerfen? Rosalia war ein Engel, niemand konnte ihr widerstehen, und am allerwenigsten Sofia.

„Ja, das meine ich, mein Schatz, und jetzt komm mit hinunter. Mama hat gekocht!“

„Mhm, das duftet ja im ganzen Haus“, bemerkte Alfredo, als er in die Küche kam. „Na, dann setz dich schnell, damit unser Magen auch etwas von diesem köstlichen Geruch hat“, neckte Sofia ihren Bruder und verteilte Schüsseln und Töpfe auf dem Tisch. Sie setzten sich und falteten die Hände über dem Teller. „Vater unser, der du bist im Himmel, geheiligt werde dein Name, dein Wille geschehe, wie im Himmel, so auch auf Erden“, murmelten sie. Sofia konzentrierte sich auf das Gebet. Sie war sehr gläubig und die täglichen Gebete gehörten für sie zum Leben, wie die Nahrung oder die Liebe der Eltern. „Unser täglich Brot gib uns heute und vergib uns unsere Schuld ...“, flüsterte sie leise vor sich hin. „Denn dein ist das Reich und die Kraft und die Herrlichkeit. In Ewigkeit, Amen!“ Nachdem sie geendet hatten, wünschten sie sich eine gesegnete Mahlzeit und die Mutter verteilte das Essen. Sofia aß mit großem Appetit. Die aufregenden Ereignisse in der Schule hatten sie hungrig gemacht.

Am nächsten Tag beeilte sich Sofia nach der Schule ganz besonders, um pünktlich zum Essen zu kommen. Um keinen Preis der Welt wollte sie ihre Mutter verärgern. Doch als sie das Haus betrat, strömte ihr kein köstlicher Pasta-Geruch entgegen und es war ungewöhnlich still im Haus. Papa, Mama, Rosalia und Alfredo waren nicht da. Es stand kein dampfender Kessel auf dem Herd und niemand begrüßte sie mit dem üblichen „mangare“. Sofia rannte durch das ganze Haus, um die anderen zu suchen: „Mama!“, „Alfredo“, „Papa“, „Rosalia, wo steckt ihr denn?“ Sie öffnete alle Türen, sogar die vom Vorratsschrank.

„Sie haben deine Mutter weggebracht“, hörte sie plötzlich die Stimme ihrer Nachbarin hinter sich sagen. Erschrocken drehte sich Sofia um. „Wer hat sie weggebracht? Und wohin?“ Sie spürte, wie die Angst in ihr hoch kroch, doch die alte Dame legte beruhigend den Arm um ihre Schulter. „Sie ist in Ohnmacht gefallen und musste ins Krankenhaus. Aber sie sagen, es ist nichts Schlimmes.“

Sofia musste nicht lange warten, da kam ihr Vater zurück in die Wohnung. Sie eilte ihm entgegen. Er sah blass aus und bat seine Tochter, ihm sehr genau zuzuhören.

„Deine Mutter ist krank, Sofia“, begann er und setzte sich auf einen Küchenstuhl. Sofia nahm ihm gegenüber Platz. Krank? Mama war doch nie krank?!

„Es ist nicht so schlimm wie es sich anhört", beruhigte Aldo Sabatiano seine Tochter. „Man nennt es Diabetes, eine Zuckerkrankheit, bei der man sehr auf seinen Zuckerspiegel achten muss." Er strich Sofia über den Kopf und versuchte zu lächeln. „Weißt du, Süßigkeiten darf sie jetzt nicht mehr naschen, auch keine süßen Kuchen oder Ähnliches. Aber darauf wird sie in Zukunft achten." Ihr Vater machte eine Pause und holte sich ein Glas Orangensaft. Dann setzte er sich wieder. „Weil deine Mutter das nicht wusste, hat sie natürlich nicht aufgepasst, was sie gegessen hat", fuhr er fort. „Das war auch der Grund, warum ihr in letzter Zeit häufig schwindelig war. Und heute ist sie in Ohnmacht gefallen."

Sofia hatte mit großen Augen zugehört. Es stimmte, ihre Mutter war häufig blass und irgendwie kraftloser gewesen als früher, doch sie hatte immer gesagt, dass sie nicht genügend Schlaf habe. „Und wie geht es Mama jetzt?", fragte Sofia mit angstvoller Stimme.

„Sie bleibt erst einmal ein paar Tage im Krankenhaus und wenn sie wiederkommt, dann müssen wir beide ganz kräftig auf sie aufpassen." Ihr Vater zwinkerte ihr aufmunternd zu und zeigte auf den Herd. „Du wirst die nächsten Tage ganz alleine das Mittagessen für deine Geschwister bereiten müssen", sagte er ernst. Sofia schaute überrascht hoch. Sie sollte was? Das Essen bereiten? Alleine? Mehrere Tage lang? „Aber, ich …" Sofia starrte ihren Vater mit großen Augen an. Sie wollte etwas sagen, doch sie verschluckte ihre Worte. Schließlich war Mama krank! Wer sollte sonst den Haushalt führen? Rosalia war ja wohl viel zu klein. Ihr Vater stand auf und legte seine Hände auf ihre Schultern.

„Sofia, du wirst deine Sache gut machen, und wenn deine Mutter aus dem Krankenhaus kommt, möchte ich, dass du ihr mehr hilfst als früher." Dann nahm er ein Röhrchen mit Tabletten aus der Jackentasche. „Und wenn sie einmal umfallen sollte, dann gibst du ihr eine von den Tabletten und rufst mich sofort im Ristorante an. Va bene?"

„Va bene, Papa!" Sofia nickte mit ernstem Gesicht. Sie würde tun, was ihr Vater von ihr verlangte.

Am nächsten Tag lief sie eilig von der Schule nach Hause. Sie wollte etwas kochen und dann zu ihrer Mutter ins Krankenhaus gehen. Ihre Wangen glühten vor Aufregung, als sie in der Küche ankam. Ängstlich blickte sie sich um. Es war das Reich ihrer Mutter! Sofia hatte hier viel geholfen und kannte jede Menge Rezepte für Pasta, Pizza und leckere Fischgerichte, doch ganz alleine hatte sie noch nie gekocht. Vorsichtshalber würde sie mit etwas Einfachem anfangen: Maccheroni mit einer Soße aus frischen Tomaten! Dazu einen schlichten Salat und für Alfredo hatte sie ein Steak aus dem Eisfach geholt.

Zu Hause angekommen, stürmte sie sofort in die Küche und begann mit den Vorbereitungen. Sie setzte Wasser für die Nudeln auf, putzte den Salat und machte sich daran, die Tomaten zu enthäuten. Sie kochte sie mit Olivenöl, Knoblauch und frischen Kräutern auf. Als das Wasser kochte, gab sie die Nudeln hinein. Nun war das Steak für Alfredo dran. Schnell würzte Sofia es und legte es in die Pfanne. Lange sollte es nicht braten, denn ihr Bruder mochte es gerne, wenn das Fleisch noch ein bisschen blutig war.

„Das duftet ja fast wie bei Mama!“ Alfredo war unbemerkt in die Küche getreten und sog geräuschvoll die Luft ein. Sofia drehte sich um. Ihre Wangen glühten vor Aufregung. Bis jetzt lief alles gut und sie musste zugeben, dass es sogar Spaß machte, alleine in der Küche zu stehen.

Ihr Herz machte einen Sprung: „Ja? Meinst du?“, horchte sie nach und goss die Nudeln voller Übermut schwungvoll in das Sieb.

„Rosalia, mangare! Das Essen ist fertig“, rief sie laut durch das Haus und machte sich daran, den Tisch zu decken. Alfredo goss sich ein Glas Wasser ein. Sofia legte ihm das Steak auf den Teller.

„Halb durchgebraten, so wie du es gerne magst.“ Sie stemmte stolz die Hände in die Hüften und grinste ihren Bruder an, während sie ihm den Salat zuschob.

„Sofia, was gibt es zu essen?“ Rosalia kam in die Küche gerannt und setzte sich an den Tisch. Neugierig schaute sie zu, wie Sofia ihr den Teller füllte. „Mhm, das riecht toll. Von mir aus kannst du öfter kochen!“

Sofia lachte und setzte sich zu ihren Geschwistern, nachdem sie die Töpfe wieder auf den Herd gestellt hatte. Sie beteten ein stilles „Komm Herr Jesus sei unser Gast und segne, was du uns bescheret hast“, dann aßen sie schweigend. Wenn alle essen, und nichts sagen, ist das das größte Kompliment, dass man jemandem machen kann, hatte ihre Mutter einmal gesagt. Sofia warf ihren Geschwistern einen verstohlenen Blick zu. Ihr Mund verzog sich zu einem Lächeln. Mama hatte Recht, dachte sie stolz und glücklich.

Nach einer Woche kehrte ihre Mutter wieder aus dem Krankenhaus zurück. Sie sah sehr gut aus und wirkte schon gar nicht mehr so krank. Allerdings merkte man ihr die Erschöpfung an, wenn man sie genauer beobachtete, und das tat Sofia. Sie hielt sich an die Abmachung, die sie mit ihrem Vater getroffen hatte und half ihrer Mutter viel mehr als früher in der Küche, häufig machte sie auch das Essen ganz alleine. Natürlich fiel es ihrer Mutter schwer, Sofia nur zuzusehen, doch sie sagte immer: „Mama, ich muss es doch lernen! Wenn ich groß bin, und einen Mann habe, dann kann ich doch auch nicht immer meine Mama anrufen, damit sie für mich kocht." Ihre Mutter lachte und erklärte Sofia bereitwillig alle Rezepte.

„Endlich Wochenende!", dachte Sofia, als sie am Freitagnachmittag den Stift aus der Hand legte. Sofia war jetzt schon seit drei Wochen Schülerin und Hausfrau! Doch die neue Aufgabe machte ihr richtig Spaß und sie entwickelte einen großen Eifer, um ihrer Mutter zu helfen. Sie schaute auf die Uhr: Schon fünf! Eilig packte sie ihre Sachen zusammen.

„Rosalia", rief sie dann laut aus der Küche hinaus. „Rosalia komm, wir wollen zu Papa ins Ristorante! Du kannst dort malen, Mama ist auch da."

„Aber nur, wenn ich meine Puppe mitnehmen darf", kam es entschlossen von ihrer Schwester. Sofia verdrehte gespielt die Augen und grinste.

„Kann ich dir ja sowieso nicht verbieten. Hauptsache, du machst keinen Unsinn, wenn wir da sind. Mama und Papa müssen dort arbeiten, und ich helfe ihnen!"

„Ich mache nie Unsinn", wehrte sich ihre kleine Schwester und lief in ihr Zimmer, um ihre Puppe zu holen. Sofia verstaute ihre Schulsachen und ging noch einmal durch das Haus, um zu sehen, ob sie alles ordentlich verließ. Ihre Mutter hatte ihr beigebracht, auf solche Dinge zu achten und nie das Haus zu verlassen, ohne zu schauen, ob alles aufgeräumt und die elektrischen Geräte abgestellt waren. Doch die Zimmer waren tadellos: Alle Fensterläden waren zugezogen, um die Hitze draußen zu halten, die Betten hatte sie aufgeschüttelt und die Küche sauber gemacht.

Als sie mit ihrer Inspektion fertig war, machte sie sich mit Rosalia auf den Weg. Das Ristorante befand sich nur ein paar Blöcke von ihrem Wohnhaus entfernt. Sie überquerten eilig ein paar Straßen und hielten sich eng an den Häuserwänden, um wenigstens ein bisschen Schatten abzubekommen, denn obwohl es schon Nachmittag war, stand die Sonne noch hoch am Himmel.

Rosalia betrat als erste das Restaurant, sie rannte hinter die Theke und warf sich ihrem Vater in die Arme.

„Bella bambina! Komm her zu deinem Papa! Lass dich umarmen.“ Aldo Sabatiano hob seine kleine Tochter mit kräftigen Armen hoch und warf sie einmal kurz in die Luft. Rosalia quietschte vor Vergnügen.

Aldo Sabatiano war ein kräftiger, sehr muskulöser Mann. In seinen jungen Jahren hatte er geboxt, doch das war lange vorbei. Sein Haar war dicht und schwarz, die dunklen Augenbrauen standen eng beieinander. Seine Haut war von der Sonne gebräunt und er hatte tiefe Falten auf der Stirn. Seit 18 Jahren betrieb er dieses italienische Ristorante, doch das war nur eine Tarnung für seine sonstigen Geschäfte. Aldo Sabatiano gehörte zu einer großen Cosca, einer Mafiafamilie. Der Chef war Salvatore Monetti, ein einflußreicher Mann in Sizilien. Aldo war stolz darauf, einer der engsten Berater des großen Don Monetti zu sein. Er hatte in Palermo das Sagen und stand in enger Verbindung zu Teilen der sizilianischen Regierung. Er hatte Wahlkämpfe finanziert und für die richtigen Wahlergebnisse gesorgt. Viele Politiker waren ihm zu Dank verpflichtet. Besonders für das Baugeschäft war das von großem Nutzen: Salvatore Monetti war Inhaber einiger Bauunternehmen und um die einnahmeträchtigen Aufträge der Stadt zu bekommen, brauchten seine Männer nur ein bisschen Druck bei den zuständigen Behörden zu machen, schon war die Konkurrenz ausgeschaltet. Auch das Schutzgeldgeschäft lief besser denn je und nicht zuletzt die Bordelle waren eine gute Einnahmequelle. Früher war Aldo Sabatiano nur für das Schutzgeldwesen verantwortlich gewesen, doch jetzt organisierte er alle möglichen Coups.

Seine Frau Maria wusste über alles Bescheid, aber wie es sich für die sizilianischen Mafiafrauen gehörte, hielt sie sich im Hintergrund. Ihre Aufgabe war es, für das Wohl der Familie zu sorgen, und die Mädchen von den Geschäften des Vaters fern zu halten. Sie sollten zu anständigen jungen Frauen erzogen werden, und sich ein solides Schulwissen aneignen. Aldo und Maria Sabatiano wussten, wie wichtig es war, über ein gewisses Maß an Bildung zu verfügen, um sich in der Welt zurechtzufinden.

Sofia ging langsam auf ihren Vater zu, nachdem er die kleine Rosalia mit einem leichten Klaps in die Küche zu ihrer Mutter entlassen hatte.

„Ciao Papa!“

„Sofia! Mia Cara!“ Ihr Vater beugte sich zu ihr herunter und gab ihr einen Kuss. „Warst du fleißig zu Hause? Deine Mutter hat mir erzählt, dass du dich ganz gut machst im Haushalt.“ Sofia wurde rot.

„Es klappt ganz gut“, antwortete sie verlegen und fügte bescheiden hinzu: „Aber ich muss noch eine Menge lernen.“

„Na, dann fang mal an“, lachte ihr Vater. „Du kannst gleich hier in der Küche mit dem Lernen beginnen.“ Sofia strahlte und drehte sich auf dem Absatz um. Sie war gerne im Restaurant, und am liebsten in der Küche. Sie liebte die großen Töpfe und den Geruch nach Pasta, Olivenöl und Knoblauch. Sie schälte die Kartoffeln und durfte das Essen auf der Anrichte sortieren. Aber auch im Gastraum hielt sie sich gerne auf. Sie kannte die meisten Gäste und oft waren Mitglieder ihrer großen Familie da: ihre Onkel und Tanten, die Cousins und Cousinen. Die Männer hockten zusammen, rauchten Zigarren und tranken heiße Espressi. Die Frauen kümmerten sich um die Kinder und erzählten sich den neuesten Klatsch aus der Straße. Sofia wurde immer ganz warm ums Herz, wenn alle so beieinander hockten. Ein ähnlich schönes Gefühl hatte sie nur hin und wieder, wenn sie mit ihren Eltern und den Geschwistern ein Picknick an einem der nahe gelegenen Strände machte.

2

„Liebe Gemeinde, heute wollen wir einem Mann danken, der mit seiner großzügigen Spende geholfen hat, dass wir endlich den alten Kirchenstuhl reparieren können: Aldo Sabatiano!“ Der Pfarrer wies in die Richtung von Sofias Vater und verneigte sich vor ihm. Ein Raunen ging durch die Reihen der alten Kirche und viele dankbare Blicke wandten sich zu Sofias Familie. Wie jeden Sonntag waren sie alle gemeinsam in die Morgenmesse gekommen. Sofia liebte die Messe, die tiefe, beruhigende Stimme des Pfarrers, den Gesang und die Gelegenheit, in Ruhe zu beten. Nachdem der Pfarrer geendet hatte, beobachtete Sofia ihren Vater von der Seite. Von der Spende hatte er heute Morgen gar nichts erzählt und auch jetzt senkte er bescheiden den Kopf. Sie bewunderte ihn. Er hatte ihr oft gesagt, man dürfe sich nicht mit seinen guten Taten schmücken, und solle bescheiden bleiben. Menschen, die gerne im Mittelpunkt stünden, wären eitel, und solchen Menschen könnte man nicht trauen. Sofia spürte, wie ihr das Blut in die Wangen schoss. Sie wollte nicht eitel sein, doch sie stellte sich gerne vor, wie sie auf dem Sommerfest mit einem schönen Kleid auf der Bühne singen würde. Alle wären voll Bewunderung und ... Sofia unterbrach sich in ihren Gedanken und schüttelte entschlossen den Kopf. Nein, sie musste lernen, nicht eitel zu sein.

„Lasset uns beten!“, ertönte die Stimme des Pfarrers in dem Moment und Sofia kniete sich neben ihrer Mutter und ihrer Schwester nieder. „Lieber Gott“, betete sie leise. „Lass mich so fromm werden wie meine Eltern. Ich möchte auch nicht im Mittelpunkt stehen und immer brav sein.“ Sie überlegte einen Augenblick, dann fügte sie in Gedanken hinzu: „Und ich möchte mich weiterhin gut um den Haushalt kümmern.“ Sofia schaute sich verstohlen in der Kirche um. Alle Menschen hockten auf den harten Holzbänken und hatten den Kopf über die gefalteten Hände gesenkt. Die meisten kannte sie, doch es waren immer auch ein paar Menschen dabei, die ihr fremd waren. Leute, die nicht regelmäßig in die Kirche kamen oder neu in dem Viertel waren.

Von der Kanzel erklang es laut „Halleluja!“ Sofia erhob sich. „Halleluja“, sang sie aus tiefstem Herzen und ihre Stimme verschmolz mit denen der anderen zu einem frommen Gotteslied: „Singet dem Herrn ein neues Lied, die Gemeinde der Heiligen soll ihn loben. Sie sollen loben seinen Namen im Reigen, mit Pauken und Harfen sollen sie ihm spielen, denn der Herr hat Wohlgefallen an seinem Volk ...“

Nach dem Gottesdienst versammelte sich die ganze Gemeinde auf dem Kirchenvorplatz. Ihr Vater musste viele

Hände schütteln, Frauen mit Tränen in den Augen bedankten sich überschwänglich, auch bei ihrer Mutter. Sofia und Rosalia hielten sich abseits, während ihr Bruder Alfredo mit einem jungen Mädchen flirtete, für das er schon seit längerem großes Interesse zeigte.

Knapp hinter Alfredo stand ein junger Mann in einem dunklen abgewetzten Anzug. Sein Gesicht war sehr dunkel, und über der Lippe trug er einen schmalen Schnauzbart. Er hatte die Augen zusammengekniffen und schaute unentwegt auf ihren Vater. Sein Blick war kalt und voller Hass. Ein ungutes Gefühl beschlich Sofia, sie spürte, wie sie vor Schreck eine Gänsehaut bekam. Nervös biss sie sich auf die Lippen. Wer war das? Wieso schaute er ihren Vater so böse an? Alle Menschen hier waren doch froh über die großzügige Spende, warum dieser hasserfüllte Blick? Ängstlich schaute sie zu Alfredo. Auch er hatte den jungen Mann bemerkt. Eilig verabschiedete er sich von dem Mädchen und näherte sich dem Unbekannten. Er sagte ihm irgendetwas, was Sofia nicht verstehen konnte. Der junge Mann antwortete auch etwas und ballte die Faust, offensichtlich war er sehr wütend. Alfredo machte einen Schritt auf ihn zu, packte ihm am Hemdkragen und zog ihn zu sich. Er schimpfte leise und stieß den Mann dann verächtlich von sich. Jetzt hatte auch sein Vater die Szene bemerkt. Er eilte seinem Sohn zu Hilfe. Sofia konnte nur seine zischenden Laute hören. Der Fremde spuckte vor ihrem Vater auf den Boden, drehte sich auf dem Absatz um und verließ den Platz.

Ihr Vater kam auf sie zu. „Was ist denn passiert?" Erst jetzt bemerkte Sofia, dass sie zitterte. „Wer war das?", wollte sie wissen. Ihr Vater betrachtete sie eine ganze Weile, so als müsse er überlegen, was er seiner Tochter antworten sollte. Dann sagte er langsam: „Das war jemand, der unsere Familie nicht mag, er möchte uns bestehlen und hat deinen Bruder bedroht." Sofia schluckte. Noch nie hatte der Vater so ernst mit ihr gesprochen. „Und deswegen betrachten wir ihn als unseren Feind."

Auf dem Heimweg dachte Sofia unentwegt über die Worte des Vaters nach. Sie hatte verstanden, dass der junge Mann vor der Kirche ein Feind war, doch eine Antwort war der Vater ihr schuldig geblieben: Warum? Warum bedrohte dieser Kerl ihren Bruder? Was hatten sie ihm getan, dass er ihrer Familie schaden wollte? Sie versuchte, etwas aus Alfredo herauszubekommen, doch ihr Bruder hüllte sich in tiefes Schweigen.

„Sofia, du bist ein sehr vernünftiges Mädchen, doch es gibt Dinge, von denen versteht ihr Frauen nichts. Das müssen wir Männer regeln, und zwar auf unsere Art. Papa hat dir alles gesagt, was du wissen musst: Dieser Junge bedroht uns, er ist unser Feind, basta!"

„Aber ich verstehe das nicht. Warum bedroht uns jemand? Wir haben doch niemandem etwas getan?" Sofia hatte Tränen in den Augen. Sie war vollkommen durcheinander und fürchtete sich. Ihr Vater und ihr Bruder waren so ernst, und sie verstand das alles nicht. Alfredo legte seinen Arm um sie, drückte sie fest an sich und lachte ihr aufmunternd zu: „Hey! Mia cara! Es ist nichts, außer einem albernen Streit. Dieser Mann hat etwas sehr Dummes getan, wir haben ihm klar gemacht, dass er solche Dummheiten nie wieder machen darf und nun ist er wütend."

Sofia schmiegte sich an Alfredo. Seine Worte taten ihr gut und sie vertraute ihrem Bruder, dass er sie beschützen würde. Doch wenn sie an den Mann mit dem stechenden Blick dachte, bekam sie immer noch eine Gänsehaut. Und es sollte nicht lange dauern, bis Sofia diesen jungen Mann wiedersehen würde.

Den restlichen Sonntag verbrachten Sofia und ihre Familie wie so oft im Ristorante. Es war spät geworden und Rosalia war schon zu Hause, ihre Tante passte auf sie auf. Die letzten Gäste waren gerade gegangen, nur die engen Freunde ihres Vaters saßen noch an einem Tisch und hatten die Köpfe zusammengesteckt. Seit Stunden rauchten sie dicke Zigarren und sprachen mit gedämpfter Stimme. Sofia wusste nicht, worum es ging, doch es schien sehr wichtig zu sein. Sie räumte das gebrauchte Geschirr von den Tischen und reichte es in die Küche zum Spülen. Sie half ihrer Mutter auch, die Tische neu einzudecken und bekam gezeigt, wie man Servietten besonders schön faltete. Sie sahen dann aus wie kleine Fächer, die sich über den Tellern ausbreiteten.

Plötzlich wurde die Türe des Restaurants heftig aufgestoßen. Der junge Mann vom Vormittag kam hereingestürmt. Seine Haare standen wild durcheinander und sein Gesicht sah noch dunkler, noch gefährlicher aus als am Morgen. Mit einem kurzen Blick sah er sich in dem fast leeren Gastraum um, und eilte dann zu dem Tisch, an dem Sofias Vater, Alfredo und die anderen Männer saßen. Sofias erster Impuls war, zu ihrem Vater zu laufen, doch ihre Mutter hielt sie zurück. Sofias Herz klopfte ihr bis zum Hals, sie wagte nicht, sich zu rühren.

„Assassino! Mörder!“, schrie der Mann und stützte sich mit beiden Händen auf den Tisch. „Ihr glaubt wohl, niemand würde es wagen, sich gegen euch aufzulehnen. Doch meine Familie lebt, es wird immer jemand übrig sein, der sich rächen wird, sempre!“

Sofia wurde kalkweiß im Gesicht und starrte wie gebannt auf die Szene am Tisch. Ihre Mutter versuchte, sie mit sanftem Druck in Richtung Küche zu schieben, doch Sofia spannte ihre Muskeln an, um nicht nachzugeben. Sie wollte den Raum nicht verlassen, sie wollte mitbekommen, was hier los war, wollte es verstehen.

„Und warum schwingst du dann nur große Reden?“, fragte Aldo Sabatiano mit einem ironischen Unterton. Er lehnte sich auf seinem Stuhl zurück, zog kräftig an seiner Zigarre und lächelte den Mann provozierend an: „Du hättest uns erschießen können, vor der Kirche, jetzt …“ Er stand auf und beugte sich zu dem jungen Mann herüber. „Ich werde dir sagen, warum du nichts tust: Weil du genau weißt, wenn du einem von uns auch nur ein Haar krümmst, bist du zwei Sekunden später tot! Du hast keine Chance. Keine."

Der Mann wurde etwas kleinlauter: „Ich werde mir an euch nicht die Hände schmutzig machen, aber ihr müsst wissen, dass ich immer da bin! Ich bin da und beobachte euch, und wenn ihr meiner Familie noch einmal schadet, dann ist keiner von euch sicher."

Aldo Sabatiano wurde wütend: „Raus! Verlasse sofort mein Ristorante, und lass dich hier nie wieder blicken!" Seine Stimme klang gefährlich ruhig. Der junge Mann ging rückwärts in Richtung Tür. Er ging langsam, setzte einen Fuß behutsam hinter den anderen, doch sein Blick war immer noch kalt und voller Hass, seine Hände zu Fäusten geballt. Sofia verfolgte ihn mit weit aufgerissenen Augen. Ihr Atem kam stoßweise. Was hatte ihr Vater da gesagt? Der Mann hätte ihn töten können? Jemand wollte ihn töten? Ihr wurde abwechselnd heiß und kalt. Sie schaute hilflos zu ihrer Mutter, die ein solch besorgtes Gesicht machte, als hätte Sofia gerade wirklich einen Mord beobachten müssen. Der Unbekannte hatte die Türe erreicht, er wollte noch etwas sagen, doch Aldo schob ihn unsanft hinaus.

„Hast du nicht gehört, was man dir gesagt hat?", zischte er. „Raus hier!"

„Wir hätten ihn auf der Stelle erschießen sollen", sagte Alfredo, als sein Vater an den Tisch zurückkehrte. „Wir können uns nicht so beschimpfen lassen. Er ist wahnsinnig, und wahnsinnige Menschen sind gefährlich!"

Aldo Sabatiano bedeutete seinem Sohn, dass er schweigen solle. Er zeigte auf Sofia, die sich immer noch ängstlich an ihre Mutter klammerte. In ihrem Kopf drehte sich alles, sie verstand nicht, was hier passierte. Ihre kleine heile Welt war plötzlich bedroht, auf einmal war von Mord die Rede. Alfredo hatte gesagt, man hätte den Mann erschießen sollen, damit er ihnen nichts tun konnte. Obwohl Sofia diese Worte Angst machten, gab sie ihrem Bruder Recht: Dieser Mann hatte auf sie so gefährlich gewirkt, dass sie sich fragte, wie man ihn laufen lassen konnte. Was war, wenn er wiederkam? Langsam löste sich Sofia aus der Umarmung ihrer Mutter und ging auf den Vater zu. Er breitete seine Arme aus und ließ sie neben sich Platz nehmen.

„Dieser Mann hat Angst, er hat viele Fehler gemacht in der Vergangenheit", begann er zu erklären. „Er hat uns bedroht und wollte uns etwas wegnehmen. Du bist alt genug, um zu verstehen, dass wir uns das nicht gefallen lassen können." Er strich Sofia über die Wange und schaute sie mit zusammengekniffenen Augen an. „Wir haben ihm dafür einen Denkzettel verpasst, das mussten wir tun, denn wenn wir es nicht getan hätten, würden immer mehr Menschen in Palermo auf die Idee kommen, sich einfach in Geschäfte einzumischen, die in unserer Hand sind, sich Dinge zu nehmen, die ihnen nicht gehören." Wieder machte er eine Pause. Sofia hielt den Atem an. Sie wagte es nicht, etwas zu sagen. Sie wollte nicht, dass ihr Vater aufhörte zu reden, sie wollte hören, was er ihr zu sagen hatte.

„Jetzt ist er aufgeregt und wütend. Er redet viel dummes Zeug, ist laut, macht auf sich aufmerksam, doch merke dir eins, Sofia: Hund, die bellen, beißen nicht! Sie machen nur Lärm! Aber wir werden dafür sorgen, dass dieser Lärm aufhört!" Um sie nicht noch mehr zu beunruhigen, kitzelte er seine Tochter, bis sie ein wenig lachen musste.

Aber Aldo Sabatiano hatte Sofia nicht die ganze Wahrheit gesagt. Der junge Mann, der sie bedrohte, hieß Francesco Molio. Er kam aus einem kleinen Dorf in Sizilien und lebte seit einigen Jahren in Palermo. Schon lange hielt er sich mit kleineren kriminellen Machenschaften über Wasser, der Don ließ ihn gewähren und engagierte ihn hin und wieder für kleinere Botendienste. Doch nun hatte er etwas verbrochen, was eine schlimme Strafe forderte: Obwohl er verheiratet war und seine Frau sehr liebte, war es für ihn ein Sport, die hübschen jungen Frauen in der Stadt zu verführen. Das war an sich nichts Schlimmes, alle jungen Männer machten es so, doch Francesco hatte die Tochter eines Angestellten von Salvatore Monetti geschwängert und sich dann vor der Verantwortung gedrückt. Dafür gab es nur zwei Strafen: Die eine bestand darin, dass man den Verbrecher so zurichtete, dass er nie wieder eine Frau schwängern konnte, die andere, ihm das zu nehmen, was ihm lieb und teuer war, damit ihm durch die eigene Trauer die Schwere seines Vergehens deutlich würde.

Nach diesem Auftritt im Ristorante entschieden Aldo und

seine Männer sich für die zweite Lösung! Sie würden die gesamte Familie von Francesco Moli aus dem Weg räumen. Auf diese Weise würden sie sein Vergehen rächen und ihn warnen, jemals irgendetwas gegen sie zu unternehmen.

Sofia wusste von all dem nichts! Sie war an diesem Abend vollkommen erschöpft ins Bett gefallen. Diese ganze Szene hatte ihr unglaubliche Angst gemacht. Ihr Vater hatte gesagt, „Hunde, die bellen, beißen nicht". Was sollte das bedeuten? Sicher, sie vertraute ihrem Vater, doch dieser Mann hatte eine solche Wut gehabt … Außerdem ging ihr nicht aus dem Kopf, dass er die Männer Mörder, assassini, genannt hatte. Sie wusste ja, dass so etwas vorkam. Auf Sizilien hörte man öfter von Morden und Rache und solchen Dingen. Wenn man damit seine Familie schützte, war das eben so, das hatte auch Sofia früh gelernt. Trotzdem war ihr der Gedanke unheimlich, dass ihr Vater und ihr Bruder vielleicht auch schon mal jemanden getötet haben könnten. Sie betete lange in dieser Nacht, und bat Gott, gut auf ihre Familie aufzupassen.

Doch auch wenn die Ereignisse des Wochenendes Sofia einen großen Schrecken eingejagt hatten, wurden sie in den nächsten Tagen von den aufregenden Vorbereitungen des Sommerfestes einigermaßen verdrängt. Sofia probte fast an jedem Nachmittag in der Schule. Es machte großen Spaß. Sie hatte eine schöne, klangvolle Stimme und die Lehrerin lobte sie mehrmals für ihr großes musikalisches Einfühlungsvermögen. Sofia ließ sich regelrecht von der Melodie und den traurigen Worten der Lieder davontragen. Sie hörte dann nur noch ihre Stimme und fühlte sich dabei ganz stark.

Zu Hause konnte Sofia von nichts anderem mehr sprechen, sobald sie das Mittagessen bereitet hatte, erzählte sie Alfredo und Rosalia von den Proben, welche Lieder sie schon eingeübt hatten und welche noch nicht.

„Ob mir die Stimme wegbleibt, wenn ich auf der Bühne stehe?", wollte sie von ihrem Bruder wissen. Doch Alfredo lachte nur.

„Wenn du so gut singst, wie du kochen kannst, dann wird nichts schief gehen!" Sofia lachte und gab Alfredo noch einen Nachschlag von der Pizza mit Meeresfrüchten. Ihre Mutter hatte sich angewöhnt, an zwei Tagen in der Woche zu einer Ernährungsberatung zu gehen, damit sie nichts Falsches aß und ihren Zuckerspiegel niedrig hielt. Anschließend ging sie oft noch Besorgungen machen und bis sie nach Hause kam war es schon nach Mittag. Sofia machte das nichts aus. Sie hatte sich in den zwei Wochen wirklich gut daran gewöhnt, sich alleine um den Haushalt zu kümmern. Sie kochte, räumte auf und putzte. Dann verschwand sie wieder in die Schule um zu proben!

Und dann war es endlich soweit: Am Freitag vor den großen Ferien stand Sofia ganz besonders früh auf, um bei den Vorbereitungen in der Schule zu helfen. Gemeinsam mit den anderen Mädchen schmückte sie den Schulhof mit bunten Fähnchen und Lampions, in Windeseile hatten sie die Verkaufsstände aufgebaut und unter einem der Bäume ein schattiges kleines Café aufgebaut. Gegen Mittag kamen die ersten Mütter, um selbst gebackene Kuchen vorbeizubringen. Auch Sofias Mutter kam mit einer enormen Sahnetorte.

Am Nachmittag fanden sich nach und nach die anderen Schüler und die Familien auf dem Schulhof ein. Aus dem Lautsprecher tönte Vivaldis „Vier Jahreszeiten“ und überall wurden Stühle in den Schatten gerückt, liefen kleine Kinder mit lauten Getöse über den Platz und bildeten sich kleine Gruppen von Menschen, um mit großen Gesten über Gott und die Welt zu reden. Aufgeregt stand Sofia an ihrem Verkaufsstand der Tombola und suchte den Hof mit den Augen ab. Von ihrer Familie war noch niemand zu sehen. Wahrscheinlich trödelte Rosalia wieder mit ihren Puppen …

„Sofia!“, ertönte in diesem Moment die Stimme ihrer kleinen Schwester und Sofia drehte sich um. Rosalia kam ihr in einem rosageblümten Kleid entgegen und schwenkte irgendetwas in der Hand. Also doch nicht getrödelt, dachte Sofia mit einem entschuldigenden Lächeln.

„Sofia, ich habe dieses Stofftier bekommen. Alfredo hat es mir gekauft. Es ist für mich ganz alleine!“, rief Rosalia aufgeregt. Sofia lächelte. „Das ist ja süß“ freute sie sich. „Darf ich mir das auch mal eine Nacht ausleihen, damit es mich beschützt?“ Sofia streichelte das Stofftier und wandte sich an eine Signora, die gerade ein paar Lose kaufen wollte.

„Bitteschön! Und viel Glück!“, sagte Sofia und reichte ihr die Lose. Dann schaute sie wieder zu Rosalia. „Wo sind die anderen?“

„Sie kommen gleich, sie sind ins Café, Alfredo wollte unbedingt noch ein Stück von Mamas Kuchen abhaben. Niemand könne so gut backen wie sie, hat er gesagt und sich geweigert ein anderes Stück zu probieren.“ Sofia nickte zustimmend. Sie verstand Alfredo: Es musste schon der Kuchen von Mama sein, da war sie ganz seiner Meinung.

„Sofia! Kommst du? Anna wird dich ablösen. Wir wollen uns umziehen und drinnen ein bisschen einsingen. In einer Stunde ist der Auftritt.“ Sofia biss sich auf die Lippen. Jetzt war es also soweit. Schnell küsste sie ihre Schwester. „Wünsch mir Glück“, flüsterte sie ihr aufgeregt ins Ohr und Rosalia drückte ihr ganz spontan das Stofftier in die Hand: „Für dich, das bringt dir Glück. Danach möchte ich es aber wiederhaben“. Sofia lachte gerührt und murmelte: „Bestimmt bekommst du es zurück.“

Aufgeregt versammelten sich die Mädchen auf der Bühne. Sie sahen hinreißend aus mit ihren meerblauen Kleidern, die von gelben Borten geziert wurden. In die Haare hatten sie sich gelbe und blaue Bänder gebunden und auf den Lippen trugen sie ausnahmsweise ein klein wenig Lippenstift, etwas, das sonst verpönt war. Nur Prostituierte würden so etwas tragen, schimpften ihre Mütter immer und einzig für den Theaterbesuch oder andere feierliche Gelegenheiten trug man das Lippenrot auf. Mit wunderschönen, klaren Stimmen trugen die Mädchen die alten sizilianischen Lieder vor. Die älteren Menschen hatten Tränen der Rührung in den

Augen. Das war ihr Sizilien, die Musik der Heimat, doch auch die Jüngeren hörten andächtig zu.

„Bravo! Bravissimo!“, erscholl es, als sie geendet hatten. Ein großartiger Applaus erfüllte den Schulhof. Begeistert riefen Eltern und Schüler die Namen ihrer Lieblinge, sie klatschten lange und immer wieder mussten sich die Mädchen verbeugen. „Magnifico! Ihr wart wunderbar, ganz wunderbar!“, riefen die Freunde und Verwandten.

Sofia verneigte sich mit den anderen. Sie spürte, wie ihr das Blut in die Wangen stieg. Erst jetzt, wo alles vorbei war, bemerkte sie, wie die Anspannung von ihr fiel. Sie hatte das Gefühl, die Beine würden unter ihr nachgeben, sie verneigte sich und suchte mit den Augen ihre Familie. Alfredo klatschte immer noch. Sie schaute zu ihrer Mutter und sah, wie sie sich mit einem weißen Taschentuch die Tränen aus den Augen wischte. Nach dem Auftritt eilte Sofia zu ihnen.

„Warum hast du geweint, Mama?“, fragte sie ängstlich.

„Ich habe nicht geweint, ich habe Tränen in den Augen gehabt“, entgegnete ihre Mutter abwehrend. Dann lächelte sie und strich Sofia eine Strähne aus dem überhitzten Gesicht.

„Ich war so stolz auf dich, mia figlia, meine Tochter!“ Sofia drückte Rosalia das Stofftier wieder in die Hand: „Danke, es hat mir wirklich Glück gebracht.“ Rosalia lächelte stolz.

An diesem Abend wollten sie alle gemeinsam zu Hause essen. Das Ristorante hatte der Vater heute geschlossen. Allerdings nicht nur, wie Sofia vermutete, wegen des Schulfestes, sondern auch, weil in der letzten Nacht der Vergeltungsschlag gegen Francesco Moli ausgeführt worden war. Seine Familie war tot! Aldo Sabatiano wollte nicht riskieren, dass er wieder im Ristorante auftauchte und womöglich vor den Gästen eine Szene machte. Morgen würde sicher keine Gefahr mehr von ihm ausgehen, denn zwei von Sabatianos Leuten waren damit beauftragt, ihn aus Palermo fortzuschicken und wenn er sich wehren sollte, hatten sie die Anweisung, ihn zu töten. Wahrscheinlich war er jetzt schon auf dem Weg in sein Heimatdorf.

Sofia freute sich sehr, den Abend mit der ganzen Familie zu verbringen. Aldo und Alfredo Sabatiano wollten die Frauen nach Hause begleiten, damit sie bereits mit dem Kochen anfangen konnten. Dann würden sie selbst noch kurz im Ristorante vorbeigehen und hören, wie sich Francesco verhalten hatte.

„Kann ich später nachkommen?“, fragte Sofia mit einem flehenden Blick zu ihrer Mutter. „Die Lehrerin möchte, dass wir kurz in die Klasse kommen. Sie will uns noch etwas sagen.“ „Das darfst du, Sofia“, mischte sich ihr Vater ein. „Doch ich werde dich mit Alfredo gleich hier in der Schule abholen, damit du nicht am Abend alleine nach Hause gehst.“

Sofia beeilte sich, in ihre Klasse zu kommen und setzte sich zu den anderen. Aufgeregt schwatzten sie über den Auftritt. Die Lehrerin kam herein und klatschte in die Hände, damit alle Mädchen zuhörten. Sie bedankte sich bei ihnen für ihren

Einsatz und lobte ihre Gesangsvorführung. Sofia war stolz und glücklich, als sie auf dem Schulhof auf ihren Vater und Alfredo wartete.

Als sie kamen, sprang Sofia ihnen schon entgegen. Sie hakte sich bei ihrem Bruder unter und plapperte die ganze Zeit vor sich hin. Sie erzählte davon, wie sie sich beim Auftritt gefühlt hatte und von dem Gespräch mit der Lehrerin. Doch weder Alfredo noch ihr Vater schienen ihr zuzuhören. Ein unruhiges Gefühl beschlich Sofia. Warum sagte ihr Vater nichts? Er war vorhin so fröhlich gewesen? Doch Aldo Sabatiano hatte allen Grund für sein verändertes Verhalten. Francesco Moli war seinen Leuten entwischt. Er hatte geschrien und getobt und war angeblich wie von Sinnen gewesen.

Als sie vor der Haustüre standen, bemerkten sie, dass die Tür zu ihrem Haus nur angelehnt war. „Maria!“, rief ihr Vater. „Maria, seid ihr in der Küche?“ Niemand antwortete und ihr Vater ging eilig den langen Flur entlang. Sofia und Alfredo folgten ihm.

„Maria, Rosalia!“, schallte die Stimme des Vaters durch das Haus. Er schaute in die Küche und stieß einen langen schmerzerfüllten Schrei aus. Er wich einen Schritt zurück. Sofia versuchte, an ihm vorbei in die Küche zu schauen, doch er legte ihr schützend die Hand vor die Augen und drehte sie weg. Alfredo drängte sich an ihnen vorbei.

„Nein! Mama!“ Er schrie es fast, dann brach seine Stimme und er fing an zu schluchzen. Sofia wurde von Panik ergriffen. Ihr wurde kalt und ihr Körper zitterte. Mama, dachte sie. Was war passiert? Sie versuchte sich aus der Umklammerung ihres Vaters zu befreien, doch er drückte sie fest an sich. Sie spürte, wie sein Körper von heftigem Schluchzen ergriffen wurde. Doch nach einer Weile gelang es Sofia, sich für einen Moment zu befreien. Sie blickte in die Küche. Ihre Mutter lag auf dem Fußboden, das schwarze Haar breitete sich auf den weißen Kacheln aus, neben ihrem Kopf entdeckte Sofia eine Blutlache. Rosalias kleiner Körper lag dicht daneben. Sie war zusammengekrümmt, als ob sie schlafen würde. Das Stofftier lag in ihrem Arm, es war blutverschmiert wie das helle geblümte Kleid der kleinen Schwester.

Sofia wurde übel. Sie spürte, wie die Hände ihres Vaters und ihres Bruders sie packten und nach draußen brachten. In ihrem Kopf drehte sich alles, ihr wurde schwindelig, sie musste sich setzen. Mama! Rosalia!, dachte sie unentwegt. Was war passiert? Sofia sah ihre kleine Schwester vor sich, wie sie auf dem Schulhof gestanden hatte, lachend in ihrem geblümten Kleidchen mit diesem Stofftier in den Armen. Sofia starrte vor sich hin, sie zitterte am ganzen Körper, der Schmerz war so groß, dass sie noch nicht einmal weinen konnte. Mama, meine geliebte Mama, dachte sie hilflos und stützte sich kraftlos an der Hauswand ab. Rosalia! Sie waren tot!, hämmerte es in ihrem Kopf. Tot, tot, tot. Sofia spürte, wie ihre Beine wegsackten, ihr wurde schwarz vor Augen und dann verlor sie das Bewusstsein.

Die nächsten Tage waren die schrecklichsten in Sofias jungem Leben. Sie waren erfüllt von unendlicher Trauer. Francesco Moli hatte sich an ihrem Vater gerächt, indem er dessen Frau ermordet hatte. Dass Rosalia dabei war, war tragisches Schicksal.

Innerhalb kurzer Zeit hatte Sofia gelernt, was es heißt, zu einer Familie der Mafia zu gehören, sie wusste jetzt, dass Rache und Mord zum Geschäft gehörten, dass die vendetta, die Blutrache für ein Vergehen an der Familie, ein Teil des Lebens war. Alfredo und ihr Vater hatten den Mord ihrer Mutter gerächt und den Mörder hingerichtet. Sofia hatte ihre Mutter und ihre Schwester verloren. Von einem Tag auf den anderen war sie erwachsen geworden.

3

Fünf Jahre waren vergangen, seit Sofias Mutter und ihre Schwester Rosalia getötet worden waren. Fünf Jahre, in denen sie geglaubt hatte, den schmerzlichen Verlust nicht ertragen zu können. Immer wieder hatte sie sich gefragt, wie es nur jemals ohne ihre geliebte Mama und die kleine Rosalia weitergehen sollte und erst ganz allmählich hatte sie gelernt, die Trauer zu akzeptieren und weiterzuleben, mit dem dumpfen Schmerz und den Alpträumen. Jeden Tag ging sie in die Kirche und betete für ihre Familie, für die Seelen der Toten und den Schutz der Lebenden.

Sofia war jetzt 16 Jahre alt und seit dem Tod der Mutter kümmerte sie sich ganz alleine um den gesamten Haushalt. Sie kochte, putzte, nähte Knöpfe an und bügelte Hemden. „Du bist wirklich eine perfekte Hausfrau“, wunderte sich ihr Vater immer wieder kopfschüttelnd und seine Stimme klang stolz. Doch jeden Abend, wenn Sofia in das Schlafzimmer ging, in dem sie mit ihrer kleinen Schwester gelebt hatte, tauchte Rosalias Bild vor ihr auf, wie sie lachte und wie sie Sofia abends mit Fragen überhäufte oder von ihren Erlebnissen des Tages erzählte, bis sie erschöpft einschlief und nur noch ein tiefes, zufriedenes Atmen zu hören war. Manchmal weinte Sofia in ihre Kissen, ganz leise, damit weder Alfredo noch ihr Vater es hören konnten. Sie standen selbst lange Zeit unter dem Schock des grausamen Mordes und für Sofia war es schrecklich mit anzusehen, wie sehr ihr Vater sich grämte.

Aldo Sabatiano würde den Tod seiner geliebten Frau und seiner jüngsten Tochter wohl niemals überwinden können! Mehr noch als früher stellte er sich in den Dienst Salvatore Monettis und auch Alfredo war nach einem kurzen Aufenthalt und intensiven „Lehrgang" bei seinem Onkel in Neapel zu einem führenden Mitglied der Mafia in Palermo aufgestiegen. Wie früher hielten sie Sofia aus den Geschäften heraus, doch inzwischen war sie klug genug, um zu verstehen, wer ihr Vater war. Sie wusste vage von den Schutzgeldern und den Bordellen. Aber die Organisation und ihre dunklen Geschäfte für den Tod ihrer Mutter und von Rosalia verantwortlich zu machen, wäre Sofia nie in den Sinn gekommen. Im Gegenteil, es erfüllte sie mit Stolz, dass ihre Familie zum mächtigen Clan von Salvatore Monetti gehörte. Er war ein geachteter Mann in der Stadt und für den Schutz vieler Menschen verantwortlich. Sofia bewunderte den Don und sie war immer sehr froh, wenn sie ihren Vater in das Haus des großen Paten begleiten durfte. Während die Männer dann über Geschäfte redeten, ging sie durch den Garten des prächtigen Hauses oder las ein Buch auf der großzügigen

Veranda. Auch an diesem Sonntag nahmen ihr Vater und Alfredo Sofia mit in das Haus von Salvatore Monetti.

„Sofia, meine Liebe", wurde sie vom Don begrüßt. Er war ein eleganter Mann. Fast immer trug er einen Anzug und Krawatte, auch wenn es so heiß war wie an diesem glühenden Julitag.

„Meine Frau hat uns auf der Terrasse ein paar Getränke hingestellt", eröffnete er und schüttelte Aldo und Alfredo Sabatiano die Hand. Dann reichte er Sofia seinen Arm und führte sie nach draußen auf die Terrasse. „Du wirst immer schöner, mein Kind", bemerkte er väterlich. Sofia senkte bescheiden die Augenlider. Sie hatte ihre schwarzen langen Haare hochgesteckt, sodass ihr Gesicht noch feiner wirkte, ihre Augenbrauen waren leicht nach oben geschwungen und die grünen Augen blickten gleichsam interessiert und schüchtern. Sie hatte eine schlanke Figur und bekam in letzter Zeit häufig Komplimente. Salvatore Monetti freute sich jedesmal, wenn Sofia in sein Haus kam. Er selbst hatte drei Söhne, auf die er sehr stolz war, doch trotzdem hatte er es oft bedauert, nicht auch eine Tochter zu haben.

„Wie läuft es denn in der Schule?", wollte Don Monetti wissen, denn obwohl er ein Mann war, der tausend Dinge im Kopf haben musste, vergaß er nie, sich höflich danach zu erkundigen.

„Ich lerne viel", antwortete sie. Sie würde in ein paar Wochen die Abschlussprüfungen an der Schule ablegen. Fast jeden Abend saß sie über den Büchern. „Ich denke, ich werde einen guten Abschluss machen", fügte sie selbstbewusst hinzu. Schließlich war sie ehrgeizig und sehr diszipliniert in der Schule, und von falscher Bescheidenheit hielt sie überhaupt nichts.

„Sicher wird sie das", mischte sich ihr Vater ein, der bis jetzt schweigend zugehört hatte. „Sofia hat nicht nur die Schönheit, sondern auch die Intelligenz ihrer Mutter geerbt." Der Don nickte verständnisvoll und wandte sich an Alfredo. „Ich habe gehört, Sie heiraten noch in diesem Sommer?" Alfredo nickte und Sofia bemerkte, wie ihr diese Erwähnung der bevorstehenden Hochzeit einen Stich versetzte. Sie mochte Alfredos Verlobte Gianna, das war es nicht. Aber der Gedanke, dass sie bald im Haus das Regime übernehmen würde, passte ihr gar nicht. Sie konnte die Vorstellung nicht ertragen, dass jemand anderes als sie allein im Reich ihrer Mutter herumwirtschaftete. Womöglich würde Gianna das Haus verändern wollen? Sie war eine moderne junge Frau, nicht viel älter als Sofia selbst und sie hatte ihren eigenen Kopf.

„Im September soll die Hochzeit sein", hörte sie ihren Bruder sagen. „In der Kirche St. Anna, im kleinen Kreis. Aber Sie und Ihre Familie werden in Kürze eine Einladung erhalten, nicht war, Papa?" Alfredo drehte sich zu seinem Vater um und nippte an seinem Gin.

„Gianna kommt aus einer alteingesessenen Familie hier in Palermo. Ich kenne ihre Mutter schon viele Jahre. Sie ist eine gute Frau", erklärte Aldo Sabatiano. Don Monetti nickte. „Ja, ich kenne die Familie. Der Vater ist seit vielen Jahren tot, und die Frauen habe sich sehr gut durchs Leben geschlagen." Er hob sein Glas und prostete Alfredo zu. „Auf die bevorstehende Hochzeit." Sofia und ihr Vater erhoben ebenfalls ihr Glas. Sofia schaute ihren Bruder von der Seite an. Seit dem Tod der Mutter und Rosalia hatte er nie wieder so glücklich ausgesehen wie in den letzten Wochen, dachte sie. Sie gönnte es ihm von Herzen. Dennoch konnte sie sich nicht so über die Hochzeit freuen, wie es von ihr erwartet wurde.

„Ich wollte die Gelegenheit unseres Zusammentreffens nutzen, Sie zu einem großen Fest in meinem Hause einzuladen", eröffnete ihnen der Don, als sie sich an einen riesigen alten Holztisch auf der Veranda gesetzt hatten und von Signora Monetti mit allerlei leckeren Antipasti verwöhnt worden waren. „Es ist zwar keine Hochzeit", meinte er augenzwinkernd in Alfredos Richtung. „Doch mein Sohn Massimo kehrt von seinem Aufenthalt in Deutschland zurück, und ich möchte ihm zu Ehren ein großes Fest geben. Samstag in einer Woche. Ich würde mich sehr freuen, wenn Sie kommen könnten." Er nahm sich eine Olive vom Teller und steckte sie in den Mund. Eine Weile sah er gedankenverloren in die Ferne, dann wandte er sich an Sofia. „Sie erinnern sich wahrscheinlich nicht mehr an Massimo. Das letzte Mal, als sie ihn gesehen haben, waren sie noch sehr jung."

Sofia spürte ein leichtes Kribbeln in der Magengegend, verlegen biss sie sich auf die Lippen. Und ob sie sich an Massimo erinnerte. Sie hatte ihn vor knapp drei Jahren getroffen. Er stand kurz vor seiner Reise nach Deutschland, wo er für zwei Jahre die Sprache und irgendwelche Geschäfte bei seinem Onkel lernen sollte. Damals war er ein ziemlich gut aussehender junger Mann gewesen. Seine schwarzen dichten Haare hatte er mit Pomade gebändigt und er konnte eine Augenbraue heben, um einem dann tief in die Augen zu sehen. Sofia konnte seinen Anblick nicht vergessen, dabei hatte sie nur sehr kurz mit ihm geredet. „Wer bist du?", hatte er sie gefragt und sie war vollkommen verunsichert durch seine bloße Anwesenheit. „Mein Name ist Sofia Sabatiano", hatte sie geantwortet. Er hatte ihr einen Moment lang tief in die Augen geschaut. „Jetzt weiß ich, wer du bist. Sie haben deine Mutter und deine Schwester ermordet, assassini!" Sofia erinnerte sich ganz genau an seinen hasserfüllten Gesichtsausdruck. Sie war sehr gerührt gewesen über seine Anteilnahme. Doch bevor sie noch etwas sagen konnte, war er schon wieder von irgendwelchen jungen Leuten in seinem Alter gerufen worden. Ciao, viel Glück in Deutschland, hatte sie ihm gesagt. Grazie, Ciao! Dann war er verschwunden. Doch es war kaum ein Tag vergangen, an dem Sofia nicht an sein lachendes, schönes Gesicht gedacht hatte. Der Gedanke an ihn hatte ihr sogar geholfen, den Glauben an das Leben nicht zu verlieren und neuen Mut zu schöpfen, wenn sie glaubte, den Tod der Mutter nicht verwinden zu können.

„Sofia!“ Schon zum x-ten Mal tönte die Stimme ihres Vaters durch das Haus.

„Ich komme, Papa! Sofort, subito!“ Sofia betrachtete sich mit kritischem Blick im Spiegel. Sie war so nervös wie schon lange nicht mehr. Heute war das große Fest zu Ehren von Massimo Monetti. Seit Tagen hatte sie an nichts anderes denken können. Auch wenn er sich wahrscheinlich gar nicht mehr an sie erinnerte, freute sie sich sehr darauf ihn zu sehen, – und sie wollte sich so hübsch wie möglich machen. Seit Stunden probierte sie schon die unterschiedlichsten Kleider an. In ihrem Zimmer herrschte dementsprechend ein heilloses Durcheinander. Auf dem Bett türmten sich die Kleider, auf dem Fußboden lagen mehrere Paar Schuhe und verschiedene Sommerhüte. Sofia schlüpfte in ein paar luftige Riemchensandalen. Sie passten gut zu dem weißen Kleid, für das sie sich endlich entschieden hatte. Es war über und über mit großen roten Rosen bedruckt, am Oberkörper lag es eng an und ab der Taille ging es in einen weiten Rock über, der sich wunderschön auffächerte, wenn Sofia sich drehte. Die Arme waren frei und im Rücken war es leicht ausgeschnitten. Ein schlichter Strohhut gab dem Ganzen eine gewisse Lässigkeit.

„Sofia! Andiamo, wir wollen gehen!“ Die Stimme ihres Vaters klang ungeduldig. Jetzt musste sie sich aber wirklich beeilen. Sie streifte noch ein paar weiße Handschuhe über, griff ihre kleine lederne Handtasche und stürmte die Treppe hinunter. Als ihr Vater sie kommen sah, musste er lächeln. Wie sehr stand der impulsive Gang seiner Tochter im Gegensatz zu ihrem schicken Äußeren. Er betrachtete sie eingehend.

„Du bist eine richtige junge Dame geworden, und ich habe es gar nicht bemerkt", sagte er und seine Stimme klang ein wenig traurig. Sofia umarmte ihn.

„Lass uns gehen, Papa! Ich freue mich darauf, mal wieder auszugehen." Es stimmte! Seit dem Tod der Mutter waren sie wenig weggegangen. Die sonntäglichen Ausflüge mit einem großen Picknickkorb waren entfallen und die Familienfeste im Ristorante ertrug Sofia anfangs nur schwer, da alle immer wieder von ihrer Mutter erzählten. Doch ihr Schmerz war zu groß, als dass sie ständig die Erinnerung wachrufen wollte. Sie hatte auch lange gebraucht, bis sie wieder solch bunte, fröhliche Kleider tragen konnte wie heute. Jeden Tag hatte sie sich in das gleiche eintönige Schwarz gehüllt, bis ihr Bruder Alfredo ein Machtwort gesprochen hatte. „Jede Zeit der Trauer hat ein Ende, Sofia, und Mama hätte es nicht gewollt, dass du dich in deinem Kummer vergräbst. Papa und ich haben beschlossen, dass du ab morgen wieder normale Kleider trägst." Sofia hatte geschluckt. Ihr kam es wie ein Verrat vor, sich in schöne Kleider zu hüllen, während die Mutter und Rosalia auf dem Friedhof lagen. Doch Alfredo duldete keine Widerrede und so verbannte Sofia ihre schwarzen Kleider. Sie musste vieles neu kaufen, weil sie in den Jahren um einige Zentimeter größer geworden war, doch ihr Vater war großzügig und so füllte sich ihr Schrank nach und nach mit neuer schöner Garderobe.

Sie fuhren los und nur wenig später betraten sie das Haus von Don Monetti. Das Fest fand im Garten statt und schon als sie durch den langen Flur zur Veranda gingen, hörten sie das Stimmengemurmel und die leichten Klänge der Musik von draußen. Sofias Wangen waren vor Aufregung gerötet. Mit großen glänzenden Augen bestaunte sie den schön geschmückten Garten: Zwischen den Bäumen hingen bunte Lampions und in den Blumenbeeten brannten Fackeln. Auf einem langen Tisch war ein prächtiges Buffet angerichtet und eine kleine Kapelle spielte Tanzmusik. Sofia betrachtete die Gäste. Die meisten kannte sie. Freunde ihres Vaters, die oft ins Ristorante kamen, alle gehörten sie zur Cosca des Don. Auch zahlreiche Onkel, Tanten, Cousins und Cousinen von Sofia waren im Garten der Monettis versammelt. Sie ging neben ihrem Vater und begrüßte die Leute, die sie kannte.

„Aldo Sabatiano! Wie schön, dass Sie da sind!" Salvatore Monetti kam ihnen mit ausgebreiteten Armen entgegen. „Es freut mich, dass Sie ihre reizende Tochter auch mitgebracht haben." Er wandte sich an Sofia und gab ihr einen Handkuss. „Warten Sie, ich stelle Ihnen meinen Sohn vor", sagte er und blickte suchend über die Menge. „Massimo!", rief er dann und winkte. Ein junger Mann löste sich aus einer Gruppe angeregt diskutierender Männer. Mit langsamen Schritten kam er auf seinen Vater zu. Sofia starrte ihm gebannt entgegen. Massimo Monetti! Er war noch hübscher geworden, sein Auftreten wirkte lässig und selbstsicher. Er trug eine modische blaue weite Hose und ein elegantes hellblaues Hemd, das seine Bräune hervorhob.

„Vater?", fragte er mit einer dunklen angenehmen Stimme.

„Kennst du Sofia Sabatiano und ihren Vater noch? Er ist sozusagen meine rechte Hand." Massimo begrüßte Sofias Vater. „Don Sabatiano. Wie könnte ich Sie vergessen." Dann wandte er sich an Sofia.

„Ich freue mich, dich heute wiederzusehen." Er hob eine Augenbraue und schaute sie mit einem durchdringenden Blick an. Sofia stockte der Atem, sie hatte das Gefühl, ein riesiger Stein habe sich in ihrem Magen breit gemacht und sie spürte einen Kloß im Hals, sie schluckte und verzog den Mund zu einem verkrampften Lächeln.

„Ganz meinerseits", erwiderte sie heiser und streckte ihm ihre Hand entgegen. Er nahm sie und gab ihr einen zarten angedeuteten Handkuss. Sofia erschauerte bei seiner Berührung.

„Sie waren lange weg", stammelte sie verlegen. Normalerweise war sie nicht auf den Mund gefallen, doch jetzt stotterte sie und errötete vor Verlegenheit. Die beiden Väter hatten Sofia und Massimo alleine gelassen und unterhielten sich auf einem Rundgang durch den Garten über Geschäfte. „Ja, ich war in Deutschland bei meinem Onkel. Ich wollte die deutsche Sprache lernen. Bei Geschäften mit Deutschen kann es nicht schaden, ihre Sprache zu können", witzelte er und neigte den Kopf ein wenig zur Seite, um Sofia zu betrachten. „Und in der Zwischenzeit sind Sie zu einer wunderschönen jungen Frau geworden“, stellte er fest. „Entschuldigen Sie, wenn ich das sage, aber ich hatte Sie noch als Mädchen in Erinnerung!“ Sofia senkte den Blick. Das Blut schoss ihr in die Wangen. Damals war sie ja auch noch ein Mädchen, doch was sollte sie sagen? Dass sie schon bei ihrem ersten Treffen bemerkt hatte, was er für ein interessanter junger Mann war? „Tanzen Sie mit mir?“, fragte er plötzlich und hielt ihr seinen Arm hin. Sofia nickte benommen. In ihrem Kopf drehte sich alles. Tanzen?, dachte sie. Sie hatte sich einfach nur gefreut ihn wiederzusehen, und jetzt wollte er mit ihr tanzen? In ihren kühnsten Träumen hatte sie sich das nicht vorgestellt. Sie nahm seinen Arm und ließ sich zur Tanzfläche führen. Sofia hatte das Gefühl, der Boden würde ihr unter den Füßen wegsinken. Sie schloss die Augen und ließ sich von Massimo führen. In ihrem Rücken konnte sie den leichten Druck seiner Hände spüren. Er hatte einen festen und zugleich zärtlichen Griff. Keiner von ihnen sprach ein Wort. Sie tanzten einfach nur, einen, zwei, drei Walzer. Sofia vergaß alles um sich herum, hörte nur noch die Musik und sah nur noch Massimos Gesicht dicht an ihrem. Lass diesen Abend nie zu Ende gehen, dachte sie und genoss seine Nähe und Wärme.

4

In den Tagen nach dem Fest war Sofia wie ausgetauscht. Sie hatte Schwierigkeiten, sich auf die Schule zu konzentrieren und konnte an nichts anderes denken als an Massimo. Und auch bei ihm hatte das Zusammentreffen mit Sofia seine Wirkung hinterlassen: Am Wochenende wandte er sich an ihren Vater und bat darum, Sofia ausführen zu dürfen. Aldo Sabatiano ließ sie ungern gehen, für ihn war sie immer noch seine kleine Tochter, auch wenn er längst wusste, dass sie mit ihren 16 Jahren auf Sizilien eine Frau im heiratsfähigen Alter war. Doch Massimo war der Sohn von Don Monetti. Aldo Sabatiano konnte die Einladung nicht abschlagen und wenn er ehrlich war, erfüllte es ihn mit Stolz, dass ausgerechnet der Sohn des Don ein Auge auf seine Tochter geworfen hatte.

Am Samstag nach dem Mittagessen stand Massimo vor der Tür. Leger mit weißen Hosen und einem dunkelblauen Hemd gekleidet, in der Hand hielt er einen wunderschönen Blumenstrauß für Sofia.

„Wo wollen wir hingehen?“ Sofia ging mit unsicheren Schritten neben ihm, nachdem sie das Haus verlassen hatten.

Sie war immer noch ein bisschen schüchtern in seiner Gegenwart und wusste nicht recht, was sie reden sollte. Auf dem Fest war es einfacher gewesen. Da hatten sie getanzt, etwas gegessen, sich über die Leckereien unterhalten oder mit anderen Gästen gesprochen. Das hier war etwas anderes: Sie war alleine mit Massimo. Es war ihr erstes richtiges Rendezvous!

„Waren Sie in letzter Zeit in der Nationalgalerie?", fragte Massimo. Sofia verneinte erstaunt. Sie war mit der Schule einmal da gewesen, doch das war Jahre her und sie konnte sich kaum daran erinnern. Sie betrachtete Massimo aufmerksam. Sie hätte nicht gedacht, dass er Interesse für Kunstwerke hatte.

„Dann lassen Sie uns dort beginnen", schlug er vor. „Danach können wir uns im Botanischen Garten ausruhen und später zum Palast der Könige gehen. Aber wir lassen uns Zeit und am Abend suchen wir uns ein nettes kleines Restaurant im Hafen." Massimo öffnete ihr die Wagentüre. „Wir fahren bis zur Nationalgalerie, von da aus können wir laufen." Sofia strahlte ihn an und nickte. Sie hatte das Gefühl, noch nie so etwas Aufregendes erlebt zu haben. Der Fahrtwind wehte ihr ins Gesicht und sie versuchte einen Blick auf die Straßen und Menschen zu erhaschen, die an ihr vorüberglitten. Jede Sekunde dieses Tages wollte sie in sich aufsaugen. Für später, dachte sie. Damit ich mich immer daran erinnern kann.

Die Stunden vergingen wie im Flug. Sofia verlor bald ihre

anfängliche Scheu. In der Nationalgalerie ließ sie sich von Massimo die eindrucksvollen Gemälde erklären und sog seine Worte in sich auf. Wie klug er war und wie sensibel für die Schönheit der Kunst. Sie war tief beeindruckt. Später gingen sie in den Botanischen Garten. Unter einem schattigen Baum sprachen sie über ihre Familien. Sofia erzählte von ihrer Mutter und von Rosalia. Bei der Erinnerung stiegen ihr Tränen in die Augen und Massimo ergriff mitfühlend ihre Hand.

„Wenn ich könnte, würde ich gerne dafür sorgen, dass Ihnen nie wieder so etwas Grausames widerfährt." Er beugte seine Lippen über ihre Hand und küsste sie ganz zart. Sofia bekam eine Gänsehaut und eine zarte Röte stieg ihr ins Gesicht, als sie ihm in die Augen blickte. Sie saßen eine Weile schweigend da, dann erzählte Massimo ihr von seiner Familie. Von seiner guten und warmherzigen Mutter und dem überall angesehen Vater, der seine Kinder mit viel Strenge erzogen hatte. Dennoch hatte er sie auch immer seine Liebe spüren lassen. Massimo erzählte auch von seinen Brüdern Renzo und Francesco. Beide waren nur wenig jünger als er und er hatte sich Zeit seines Lebens für sie verantwortlich gefühlt.

„Das Gefühl kenne ich", brach es aufgeregt aus Sofia hervor. „Ich musste mich immer um meine kleine Schwester kümmern und in den letzten Jahren habe ich für meinen Vater und meinen Bruder den Haushalt geführt."

„Sie sind wirklich eine tüchtige junge Frau", bemerkte

Massimo voller Bewunderung. Sofia lächelte, ohne etwas zu sagen. Ihr erschien es nicht besonders tüchtig. Sie tat einfach das Notwendige. Sie sprachen noch eine ganze Weile über ihre Familien und stellten auch sonst viele Gemeinsamkeiten fest, angefangen bei ihrer Liebe zur sizilianischen Musik über das Essen bis hin zu ihrer tief verwurzelten Religiosität.

Es war schon Abend, als sie den Park verließen und Massimo führte Sofia direkt in eine kleine gemütliche Pizzeria in der Nähe des Hafens. Er kannte den Besitzer und sie bekamen einen der besten Tische in einer Nische am Fenster. Sie aßen mit großem Appetit und zur Feier des Tages nippte Sofia sogar an einem Glas Rotwein. Als sie beim Dessert waren, nahm Massimo zärtlich ihre Hand.

„Sofia, lassen Sie mich ..." Er unterbrach sich und schaute ihr tief in die Augen. „Es mag Ihnen überstürzt vorkommen, wir kennen uns nicht richtig, werden sie sagen, doch ich habe noch nie so ein tiefes Gefühl für eine Frau empfunden, und ich kann nicht anders als Sie jetzt zu fragen: Sofia, wollen Sie meine Frau werden?" Sofia starrte ihn an. Ihr wurde schwindelig, ihr Atem ging schneller. Er wollte sie heiraten? Ihr wurde abwechselnd heiß und kalt. Heiraten, seine Frau werden, immer an seiner Seite sein ... Sie konnte nicht glauben, was er da sagte, sie ...

„Sofia, habe ich Sie brüskiert?" Massimo blickte sie erschrocken an. Doch sie schüttelte den Kopf und ihre Augen strahlten. Erst jetzt begriff sie, was er da eben gefragt hatte und ihre Stimme zitterte, als sie ihm antwortete:

„Nein, Massimo. Ich bin nur so überrascht und so …“ Sie unterbrach sich und wischte sich eine Träne aus dem Augenwinkel. „Ich bin nur so unendlich glücklich.“ Sie holte tief Luft. „Und meine Antwort ist ‚Ja‘! Ja, Massimo, wenn mein Vater sein Einverständnis gibt, dann möchte ich Ihre Frau werden.“

Eine Woche später hielt Massimo bei Aldo Sabatiano um die Hand seiner Tochter an. In ihren Kreisen wurde kaum eine Hochzeit geschlossen, ohne das Einverständnis beider Familien einzuholen. Sofias Vater war nicht überrascht, als Massimo seinen Besuch ankündigte. Nur wenige Tage vorher hatte Salvatore Monetti ihn zu sich gebeten, um mit ihm über eine mögliche Verbindung ihrer Kinder zu sprechen. Er hatte das Interesse seine Sohnes an Sofia nicht nur bemerkt, sondern selbst gefördert. Sofia gefiel Don Monetti. Sie war eine gut erzogene junge Frau, die als hervorragende Hausfrau und Köchin bekannt war, die Kinder über alles liebte, hübsch und gesund war und regelmäßig in die Kirche ging. Aber das Wichtigste war, dass sie aus einer Mafiafamilie kam! Sie würde die Geschäfte seines Sohnes schweigend akzeptieren und zu ihm halten.

Aldo Sabatiano war sehr geschmeichelt, als der Don ihm darlegte, wie sehr er Sofia schätzte. Und auch wenn er seine Tochter ungern gehen ließ, wusste er, dass diese Heirat das Beste war, was ihr passieren konnte. Massimo war ein anständiger junger Mann und sehr geschäftstüchtig, außerdem kam er aus einer angesehenen Familie. Sofia würde gesellschaftlich aufsteigen, und seine eigene Stellung als unmittelbarer Berater des Dons würde gefestigt werden.

Als Massimo also an jenem Sonntag in sein Haus kam, stimmte Aldo Sabatiano seinem Antrag zu, allerdings mit einer Einschränkung, die er auch dem Don klar gemacht hatte.

„Geht ein halbes Jahr lang miteinander aus", erklärte Aldo Sabatiano. „Wenn ihr euch im März des nächsten Jahres immer noch liebt, dann soll die Hochzeit stattfinden."

Die nächsten Monate waren wie ein einziger Rausch für Sofia. Keine Sekunde lang zweifelte sie daran, dass sie und Massimo die Zeit überstehen würden, ohne dass es sich einer von ihnen anders überlegte. Zum ersten Mal seit dem Tod ihrer Mutter genoss sie das Leben in vollen Zügen. Wenn sie morgens aufstand, freute sie sich, dass die Sonne in ihr Zimmer schien, auf der Straße schenkte sie allen Leuten ein so strahlendes Lächeln, dass sie ihr nicht selten kopfschüttelnd hinterherblickten. Oft dachte sie an ihre Mutter. Wie glücklich wäre sie gewesen, wenn sie gewusst hätte, dass Sofia und Massimo heiraten wollten.

Nach wenigen Wochen bestand Sofia ihren Schulabschluss und half dem Vater hin und wieder in seinem Ristorante. Massimo war häufig geschäftlich unterwegs, schaute aber jeden zweiten Abend vorbei. Sie beschlossen, dass es an der Zeit war, das förmliche ‚Sie' wegzulassen und unternahmen häufig Ausflüge am Wochenende: Sie fuhren mit dem Auto raus aus Palermo, gingen spazieren oder im Meer schwimmen. Massimo erzählte Sofia von seiner Kindheit, zeigte ihr die Orte, an denen er gespielt hatte, und wo er sich versteckte, wenn er ganz alleine sein wollte. Abends kehrten sie häufig in die kleine Pizzeria am Hafen zurück. Und immer brachte Massimo seine Verlobte pünktlich nach Hause. Zum Abschied gab er ihr einen kurzen Kuss auf den Mund. Sofia erschauerte jedesmal und ihre Haut sehnte sich nach seiner Umarmung. Doch sie waren beide katholisch und sizilianisch genug, um die Hochzeit abzuwarten. Erst dann würden sie sich näher kommen.

Ende Oktober heiratete ihr Bruder Alfredo und zog mit seiner Frau in das Haus von Aldo Sabatiano. Inzwischen war Sofia selbst so glücklich, dass sie die Schwägerin herzlich im Haus begrüßte. Bald würde sie ja ihren eigenen Haushalt haben und sie war froh, dass ihr Vater und Alfredo versorgt waren.

Im Winter fielen die Ausflüge mit Massimo weg. Häufig aßen sie nun gemeinsam bei der einen oder der anderen Familie. Massimos Mutter betrachtete Sofia schon wie ihre eigene Tochter. Sie lud sie ein, ihr in der Küche zu helfen und zeigte ihr viele Lieblingsrezepte ihres Sohnes.

Und endlich, ehe sie sich versahen, war das neue Jahr angebrochen und im März trafen sie sich mit ihren Vätern im Hause von Don Monetti. Die beiden Männer brauchten das junge Paar nicht zu fragen, ob sie sich genügend liebten um zu heiraten: Sofia und Massimo stand ihr Glück förmlich ins

Gesicht geschrieben, sie hielten sich an den Händen und warfen sich unentwegt verliebte Blicke zu.

„Ich denke, in zwei Monaten wird geheiratet", sagte der Don feierlich. Sofia blickte Massimo zärtlich an. Endlich, dachte sie. Endlich würden sie heiraten, endlich würden sie Mann und Frau sein. Sofia hätte am liebsten laut gejubelt. Doch sie hatte gelernt sich zu beherrschen und so schenkte sie ihrem zukünftigen Schwiegervater nur ein dankbares Lächeln.

„Und jetzt habe ich noch eine Überraschung für meine Kinder", kündigte der Don in geheimnisvollen Tonfall an. Er machte eine lange Pause und ließ seinen Blick zwischen Massimo und Sofia hin und her gleiten. „Ihr werdet nirgendwo anders als im Dom von Palermo heiraten."

Im Dom von Palermo? Sofia schüttelte ungläubig den Kopf. Es war eine besondere Ehre, im Dom getraut zu werden, nur sehr wichtige Personen durften das. „Danke!", hauchte sie ergriffen. „Danke!" Sie machte ein paar Schritte auf Don Monetti zu und kniete vor ihm nieder, um ihm die Hand zu küssen. Sie wusste einfach nicht, was sie sagen sollte.

„Steh auf, Sofia. Du bist jetzt meine Tochter, und für meine Kinder ist nichts gut genug. Ich weiß, wie gläubig du bist. Lasst euch im Dom trauen, es entspricht eurem tiefen Glauben." Der Don zog Sofia hoch und küsste sie links und rechts auf die Wangen. Dann ging er zu seinem Sohn. Sofia trat auf ihren Vater zu.

„Papa! Ich danke dir, ich danke dir für alles!“ Ihr Vater schaute sie an, und in seinem Gesicht war gleichzeitig die Trauer über den Verlust der Tochter zu sehen und die Freude über ihr Glück. „Mia cara“, flüsterte er. „Ich wünsche dir alles Glück dieser Welt!“

Zwei Monate später war es soweit. Es war ein wunderschöner Maitag, die Sonne stand hoch am Himmel und kündigte mit sanften Strahlen den Sommer an. Sofia saß im Wagen ihres Vaters und erblickte schon von weitem den Dom von Palermo. Sie war nervös und aufgeregt. Ihr ganzer Körper zitterte, ständig knetete sie ihre Hände. Immer wieder musste sie tief Luft holen. Nun war er also da, ihr großer Tag. Endlich würde sie den Mann heiraten, den sie in den letzten Monaten über alles lieben gelernt hatte.

Als sie näher kamen, entdeckte Sofia die Menschentrauben vor der Kirche. Ihre Familien waren gekommen, viele Freunde und Bekannte. Alle waren sehr festlich gekleidet und standen in kleinen Gruppen auf dem Vorplatz des Doms. Benommen stieg sie aus dem Wagen. Ein Raunen ging durch die Menschen, als sie Sofia in ihrem Hochzeitskleid sahen. Es war schneeweiß, mit einem Oberteil, das die Schultern frei ließ und einem weiten Rock, der bis zu den Füßen ging. Sie trug einen Schleier aus Spitze und hauchdünne weiße Handschuhe. Gianna reichte ihr den Brautstrauß. Von drinnen erklang Musik und die Gäste begaben sich gemäßigten Schrittes in den Innenraum der Kirche.

Auch Gianna und Alfredo gingen hinein. Sofia blieb mit ihrem Vater alleine und bedeckte für die kirchliche Zeremonie ihre nackten Schultern mit einer gestickten Stola. Es gehörte sich nicht, in der Kirche allzu freizügig zu erscheinen.

„Bist du bereit?", fragte Aldo Sabatiano. Sofia schluckte und holte tief Luft.

„Ja Papa, ich bin bereit!" Dann hakte sie sich bei ihm unter. Als sie die ersten Schritte in die Kirche machten, erklang der Hochzeitsmarsch. Sofia blickte nach vorne zum Altar. Dort stand Massimo in einem eleganten dunkelgrauen Anzug und blickte ihr lächelnd entgegen. Ihr Vater führte sie zu ihm und entfernte sich dann. Sofia schaute ihn an. Sie hatte das Gefühl, alles würde vor ihren Augen verschwimmen und sie wusste nicht, ob der Schleier oder die Tränen in ihren Augen daran Schuld waren.

Dann las der Pfarrer die Messe: „Die Liebe … Sie erträgt alles, glaubt alles, hofft alles, hält allem Stand. Die Liebe hört niemals auf …" Sofia stand ganz still und lauschte ergriffen den Worten. Und endlich wandte sich der Pfarrer an die Brautleute. Es war ganz still in der Kirche als er fragte:

„Nimmst du, Sofia Sabatiano, den hier anwesenden Massimo Monetti zu deinem Ehemann? Willst du ihn achten, ehren und lieben bis dass der Tod euch scheidet, – wie in guten so auch in schlechten Tagen?" Sofia warf Massimo einen kurzen Blick zu, dann antwortete sie langsam und so, dass es alle hören konnten: „Ja, ich will!"

„Und nimmst du, Massimo Monetti, die hier anwesende

Sofia Sabatiano zu deiner Ehefrau? Willst du sie achten, ehren und lieben bis dass der Tod euch scheidet, – wie in guten so auch in schlechten Tagen?“ Sofia hörte Massimos tiefe Stimme mit einem klaren „Ja, ich will!“ antworten.

„Dann erkläre ich euch hiermit zu Mann und Frau!“ Der Pfarrer segnete sie und forderte sie auf, die Ringe zu tauschen. Dann hob Massimo vorsichtig Sofias Schleier hoch. Sie schloss die Augen und spürte seine warmen Lippen auf ihren. Ein tiefes Glücksgefühl durchströmte sie. Sie war Massimos Frau, Donna Sofia Monetti.

5

Sofia und Massimo Monetti lebten nach ihrer Hochzeit im Hause des Don. Sie hatten die obere Etage für sich eingerichtet, doch häufig wurden die Mahlzeiten gemeinsam mit den Schwiegereltern und den Brüdern von Massimo eingenommen. Auch Aldo Sabatiano, sowie Alfredo und seine Frau Gianna waren häufig zu Gast. Sofia liebte es, die Familie um sich zu haben. So war sie nie alleine, auch dann nicht, wenn Massimo einmal mehr zu tun hatte oder sogar für zwei oder drei Tage nach Rom musste, um Geschäfte zu regeln. Um welche Geschäfte es sich handelte, darüber wusste Sofia nur ungenau Bescheid. Massimo hatte Termine mit italienischen Beamten, die ihm Informationen über Bauvorhaben des Staates zukommen ließen. Er hatte das Baugeschäft von seinem Vater fast komplett übernommen, während seine Brüder sich um die Schutzgeldorganisation auf Palermo kümmerten. Sofia wusste auch, dass einige Einnahmequellen der Familie Monetti aus Bordellen kamen. Doch sie verdrängte diesen Gedanken und fragte nie genauer nach, was sich dahinter verbarg. Sie verachtete Frauen, die sich für Geld anderen Männern hingaben. Männern, die verheiratet waren, die zu Hause Frau und Kinder hatten. Doch Sofia verlor nie ein Wort darüber. Auch sonst mischte sie sich nie in die Geschäfte ihres Mannes ein. Nur manchmal, wenn sie von Auseinandersetzungen innerhalb der Mafia hörte, dann spürte sie, wie die Angst langsam in ihr hoch kroch und bat Massimo vorsichtig zu sein und auf sich aufzupassen. Doch Massimo duldete es nicht, dass Sofia sich Sorgen machte. Er war ein wunderbarer Ehemann, aber wenn es um seine Geschäfte ging, dann war er streng und unerbittlich.

„Sofia. Du hast einen wichtigen Mann in Palermo geheiratet“, sagte er. „Ich bin kein Beamter und manchmal ist mein Beruf gefährlich. Doch eines musst du wissen: Ich werde immer auf uns aufpassen, sempre!“ Sofia sagte nichts mehr. Sofia bewunderte seine Art und Weise, sich überall Respekt zu verschaffen. Sie wollte ihm um alles in der Welt eine gute Ehefrau sein und lernte es, ihn zu unterstützen, indem sie keine Angst mehr zeigte. Angst ist der erste Schritt zum Abgrund, hatte ihr Salvatore Monetti einmal gesagt und Sofia führte sich diesen Spruch immer wieder vor Augen.

Als sie wenig später schwanger wurde, war sie überglücklich. Die ganze Familie freute sich mit den werdenden Eltern und neun Monate später brachte Sofia einen Jungen zur Welt. Massimo war der stolzeste Vater, den Sofia sich vorstellen konnte. Er hielt seinen Sohn in den Armen und fragte jeden, ob es nicht das schönste Baby sei, das man je gesehen habe. Sofia lag ermattet im Bett und beobachtete ihn lächelnd.

„So habe ich dich ja noch nie gesehen, Massimo", wunderte sie sich schmunzelnd. „Mein starker Mann benimmt sich wie ein großes Kind."

„Sofia, du hast mir einen Sohn geschenkt", rief Massimo außer sich vor Glück. „Einen Sohn, mio figlio!" Er betrachtete das Baby verzückt. Sofia schloss für einen Moment die Augen. Sie war erschöpft, ihr Körper fühlte sich an wie Blei und ihr Kopf war schwer. Aber es war eine gute Müdigkeit, die Erschöpfung nach einer schweren Geburt. Sie spürte, wie Massimo ihr zärtlich über die Wange strich und schlug die Augen auf.

„Unser erster Sohn!", sagte Massimo und legte ihr das Baby in den Arm. Es war beschlossene Sache, dass sie ihr Kind Luigi nennen wollten, genauso wie Massimos Großvater. Sofia legte zärtlich ihren Arm um das Baby.

„Luigi", flüsterte sie und berührte vorsichtig sein Köpfchen. „Willkommen im Leben. Du wirst es gut bei uns haben." Sie spürte die Wärme, die von dem Kleinen ausging und Tränen des Glücks stiegen ihr in die Augen. Sie hielt ihr Kind in den Armen, Luigi war ihr Sohn.

Sofia konnte die Klinik schon nach wenigen Tagen verlassen und wurde zu Hause mit einem großartigen Essen begrüßt, das Massimos Mutter bereitet hatte. Auch ihr Vater war gekommen, und Alfredo und Gianna, die selbst bald ein

Kind erwarteten. Keiner wollte die Ankunft des kleinen Luigi in der Via Roma verpassen.

„Lass ihn mich halten, Sofia“, bat Salvatore Monetti und nahm seinen Enkel auf den Arm. Er betrachtete ihn voller stolz und hob ihn in die Höhe. „Ist er nicht ein Prachtkerl, mein Enkel? Ein echter Monetti, sieht aus wie sein Vater.“ Alle lachten und drängten sich um Salvatore. Jeder wollte Luigi einmal halten. Zunächst war die Reihe an Aldo Sabatiano. Er nahm den Kleinen und plötzlich bekam er vor lauter Rührung feuchte Augen.

„Deine Mutter wäre sehr glücklich gewesen, Sofia. Stolz und glücklich, dass sie eine so prachtvolle Tochter und einen so strammen Enkel hat.“ Sofia nickte. Wenn die Rede auf ihre Mutter kam, spürte sie immer noch einen schmerzlichen Stich. Wie gerne hätte Sofia das Kind in die Arme ihrer Mutter gelegt. Und wie gerne hätte sie dann das stolze Lächeln gesehen. Sicher, die Zeit hatte die alten Wunden geheilt, doch die Narben blieben, sie waren immer sichtbar und manchmal schmerzten sie. Sofia betrachtete ihr Kind. Ja, ihre Mutter wäre glücklich gewesen, so glücklich wie sie selbst es jetzt war.

„He, du stolzer Großvater, jetzt ist der Onkel mal dran“, scherzte Alfredo, der nicht gerne an die Vergangenheit erinnert wurde. Er nahm Luigi auf den Arm und wandte sich an seine Frau Gianna. „Bald werden wir auch so einen kleinen Schreihals im Haus haben.“ Gianna lächelte und strich sich versonnen über ihren Bauch.

„Ja, in wenigen Wochen!“ Sie wandte sich an Sofia: „Dann können unsere Kinder zusammen aufwachsen. Wir werden zusammen ans Meer fahren, spazieren gehen und auf der Parkbank unseren Kindern beim Spielen zusehen.“ Sofia nickte begeistert. Von dem alten Misstrauen gegen Gianna war nichts mehr zu spüren, schließlich hatte sie jetzt ihre eigene Familie und war froh, dass ihr Vater bei Alfredo und Gianna gut umsorgt war.

„So, jetzt muss ich euch den kleinen Racker aber mal entreißen“, verkündete Sofia, nachdem alle das Baby ausreichend geherzt und begutachtet hatten. „Es ist Zeit, dass er etwas zu essen bekommt.“ Sie nahm ihren Sohn auf den Arm. „Sobald ich ihn gestillt habe, komme ich herunter, und dann können wir essen.“

Die nächsten Monate mit Luigi vergingen wie im Flug. Als junge Mutter hatte Sofia wirklich alle Hände voll zu tun. Ihr Sohn war kräftig und sie musste ihn häufig stillen, die Windeln wechseln und ihn baden. Ehe sie sich versah, krabbelte er durch die Wohnung und zog sich kraftvoll an den Möbelstücken hoch, mit Vorliebe an dem alten, roten Ohrensessel von seinem Opa Salvatore.

Kurze Zeit später hatte Gianna ein Mädchen geboren. Häufig führten sie zusammen ihre Kinder in den Park, – genauso wie sie es sich ausgemalt hatten. Manchmal ging sie auch mit dem kleinen Luigi ins Ristorante ihres Vaters. „Luigi“, rief dann Sofias Vater lauthals. „Die Sonne geht auf!“ Er freute sich immer über Sofias Besuch und jedes Mal mussten alle Gäste die neusten Fortschritte seines Enkels begutachten. Auf dem Heimweg ging Sofia häufig auf einen Sprung in ihre alte Kirche St. Anna. Sie liebte noch immer diese Atmosphäre der Ruhe und der Besinnung. Nie versäumte sie es, eine Kerze für ihre Mutter und Rosalia anzuzünden und ein kurzes Gebet für sie zu sprechen.

Wenn sie dann nach Hause kam, beeilte sie sich, das Essen vorzubereiten bis Massimo kam. Wie alle italienischen Familien liebten sie es, am Abend noch einmal zu kochen. Am liebsten mochte Sofia es, wenn die ganze Familie zum Essen zu ihr kam. Sie zauberte dann wunderbare italienische Spezialitäten. Sogar Massimos Mutter, die beim Kochen strenge Maßstäbe ansetzte, konnte sich ein Lob nicht verkneifen: „Wenn du so weitermachst, Sofia, dann bin ich bald arbeitslos. Salvatore schwärmt jedes Mal so von deinem Essen, dass er sich demnächst wahrscheinlich heimlich zu dir hochschleicht“. Sie lachte laut auf und ihre goldenen Ohrringe schaukelten dabei heftig hin und her.

Sofia war sehr glücklich in ihrer Rolle als Mutter und Hausfrau. Sie hatte das Gefühl, da angekommen zu sein, wo sie schon immer hin wollte. Darauf hatte ihre Mutter sie Zeit ihres Lebens vorbereitet: eine eigene Familie zu versorgen.

Und die Familie sollte noch größer werden. Knapp zwei Jahre nach Luigis Geburt war sie wieder schwanger. Sie konnte sich nichts Schöneres auf der Welt vorstellen. Und auch Massimo war voll des Glücks. Er erklärte seinem Sohn:

„Luigi, du bekommst noch ein Schwesterchen oder Brüderchen. Ist das nicht großartig? Pass mal auf. In ein paar Monaten ist es soweit, und du kannst mit dem Baby spielen." Luigi klatschte in die Hände und rief: „Baby, Baby".

Wie schon bei ihrem ersten Kind verlief die Schwangerschaft problemlos.

„Sofia, bald sind wir eine richtige Familie", scherzte Massimo, als sie schon kurz vor der Entbindung stand. „Ich meine, wir sind auch jetzt eine Familie, aber irgendwie gehören doch noch ein paar mehr dazu, Jungen und Mädchen." Sofia lachte. Sie wusste, was Massimo meinte. Auch sie wünschte sich nichts mehr als eine große Familie, mit vielen Kindern.

Der Arzt hatte Sofia den 20. Oktober als Geburtstermin genannt. Aber der 20. Oktober ging vorüber und als Ende des Monats immer noch keine Wehen einsetzten, sollte sie zur Kontrolle doch schon mal ins Krankenhaus kommen. Dort lag sie, streichelte ihren Bauch und sagte leise: „Komm' doch raus. Hier ist es schön. Eine wunderschöne Herbstsonne scheint und deine Eltern und dein Bruder freuen sich auf dich". Aber es tat sich nichts und Sofia ging Treppen rauf und wieder runter, damit die Wehen einsetzen konnten. Kein Mittel half. Sofia war den Tränen nahe. Die Schwangerschaft war doch so gut verlaufen. Jeden Morgen kam der Arzt in ihr Zimmer und nach ein paar Tagen erklärte er entschlossen:

„Frau Monetti, wir können nicht mehr länger warten. Wir

müssen das Kind per Kaiserschnitt holen, sonst gehen wir ein zu hohes Risiko ein.“ Sofia hätte eine natürliche Geburt lieber gehabt, aber wenn es nicht anders ging, musste sie sich der Medizin beugen.

„Ich bin einverstanden“, sagte sie leise. Die Operation dauerte für einen Kaiserschnitt sehr lange und Massimo lief den Gang vor dem Kreißsaal auf und ab. Er machte sich große Sorgen um Sofia und das Kind. Würde Sofia die Operation überstehen und würde das Kind gesund zur Welt kommen?

Dann öffnete sich die Tür und der Arzt kam ihm entgegen. „Herr Monetti, ich gratuliere Ihnen zu einem Sohn. Er ist 4000 Gramm schwer und schreit schon wie ein Stier. Ihre Frau allerdings wird sich noch einige Zeit schonen müssen. Sie hat viel Blut verloren und braucht nun Ruhe. Es war nicht einfach, aber Ihre Frau hat einen stabilen Kreislauf. Gott sei Dank. Andernfalls hätte ich für nichts garantieren können.“ Massimo fiel ein Stein vom Herzen. „Grazie Dottore, vielen Dank. Kann ich zu ihr?“ „Sie können, Herr Monetti, Zimmer 411.“

Massimo lief in Windeseile zu seiner Sofia und kniete sich neben ihr Bett. Er schaute sie von der Seite an:

„Ich bin so stolz auf dich“, flüsterte er und strich ihr sanft eine Strähne aus dem blassen Gesicht. Sofia hatte einen schalen Geschmack im Mund und ihre Lippen waren trocken.

„Wo ist mein Baby?“, fragte sie mit schwacher Stimme und versuchte sich aufzurichten. Doch ein beißender Schmerz durchzog ihren Unterleib. Sie stöhnte auf. Massimo drückte sie sanft in die Kissen zurück.

„Du musst ruhig liegen." Er nahm ihre Hand. „Die Schwester kommt gleich und bringt dir unseren Stefano!" Massimo hatte kaum ausgeredet, da öffnete sich die Türe und ein kleines Bettchen wurde hereingeholt. Die Schwester wollte das Baby herausnehmen, doch Massimo unterbrach sie.

„Lassen Sie nur. Ich mache das schon. Ich kümmere mich um meinen Sohn!" Vorsichtig nahm er ihn hoch und hielt ihn in seinen Armen. Sofia lächelte. Massimo wirkte so stark und kräftig, es sah rührend aus, wie er den kleinen Stefano im Arm hielt. Massimo kam auf sie zu und legte ihr das Baby in den Arm. „Unser Sohn", murmelte er. „Unser zweiter Sohn!"

Sofia lächelte matt. Sie war noch sehr erschöpft von den qualvollen Stunden, doch jetzt hielt sie endlich ihr Baby in den Armen. Sie saß eine ganze Weile mit Massimo zusammen und sie betrachteten ihren Sohn.

„Wenn der Arzt nicht gehandelt hätte, wäre dem Kind vielleicht etwas Furchtbares passiert", sagte sie leise. „Nicht auszudenken." Sie seufzte hörbar.

„Denke nicht daran! Unser Junge ist gesund und du bist es auch. Gott hat uns beigestanden." Sie blieben noch eine Weile zusammen, dann schickte Sofia Massimo nach Hause.

„Du kannst jetzt nichts mehr für mich tun und musst endlich auch schlafen und etwas essen!" Auch sie selbst schloss ermattet die Augen, nachdem Massimo gegangen war.

Dieses Mal musste Sofia für 14 Tage im Krankenhaus bleiben, man wollte sie erst gehen lassen, wenn alles gut verheilt und sie wieder richtig gesund war. Sofia erholte sich recht gut und täglich hatte sie Besuch von ihrer Familie. Bald wurde sie ungeduldig. Andauernd fragte sie die Schwestern und Ärzte, wann sie wieder nach Hause gehen könnte. Als dann an einem Donnerstagnachmittag der Arzt auf sie zukam, dachte sie erleichtert, dass man sie vielleicht doch früher entlassen würde.

„Frau Monetti? Kann ich Sie kurz sprechen?" Der Arzt kam leise ins Zimmer und setzte sich an ihr Bett.

„Natürlich können Sie mich sprechen", scherzte Sofia. „Ich kann Ihnen ja hier sowieso nicht weglaufen." Der Arzt lächelte über ihre gute Laune, doch sofort verzog sich seine gute Miene und machte einem ernsten Gesichtsausdruck Platz.

„Frau Monetti, was ich Ihnen jetzt zu sagen habe …" Er unterbrach sich und suchte nach Worten. Sofia runzelte die Stirn. Was wollte der Arzt? Wieso schaute er sie so ernst an? Die Geburt war doch trotz allem gut gelaufen? Stefano war ein gesunder und strammer Kerl. Sie spürte eine leichte Unruhe in sich aufkommen.

„Sie müssen jetzt sehr stark sein", fuhr der Arzt fort. Sofia merkte, wie ihr Körper sich anspannte. Was sollte das?

„Es war eine schwere Geburt und es gab einige Komplikationen … Ich wollte Sie nach der anstrengenden Geburt nicht unnötig aufregen und sage es Ihnen erst jetzt: Wir mussten einen chirurgischen Eingriff vornehmen ... Ihre Gebärmutter ... Er hielt inne und schaute auf seine zusammengefalteten Hände. Kurz gesagt: Sie können keine Kinder mehr bekommen, Donna Monetti."

Sofia starrte den Arzt mit weit aufgerissenen Augen an. Ihr wurde kalt und ein Zittern ergriff ihren Körper. Keine Kinder mehr? Aber sie hatte sich doch geschont während der Schwangerschaft. Wieso sollte ihr so etwas passieren? Wie sollte sie das Massimo sagen? Ihrem geliebten Massimo? Er wünschte sich doch noch eine Tochter, sie wusste, dass er sich auch eine Tochter wünschte. Ihre Augen füllten sich mit Tränen. „Ist das endgültig?", fragte sie mit erstickter Stimme.

„Ja, das ist endgültig. Ich habe Ihren Mann heute morgen selbst informiert, ihn jedoch gebeten, dass ich erst mit Ihnen sprechen kann, bevor er Sie aufsucht." Sofia starrte den Arzt an. Was er sagte, konnte und durfte nicht wahr sein. Sie schluckte und presste die Lippen fest aufeinander. Warum?, dachte sie verzweifelt. Warum?

„Ich lasse Sie jetzt alleine, aber eines sollen Sie wissen: Sie haben alles richtig gemacht. Es ist nicht Ihre Schuld", hörte sie die Stimme des Arztes wie durch dichten Nebel. „Ihr Mann wird sicher heute Nachmittag zu Ihnen kommen." Sofia nickte und erst als der Arzt gegangen war, ließ sie ihren Tränen freien Lauf. Massimo! Sie wollten doch eine große Familie ...

Massimo kam kurze Zeit später und Sofia fiel ihm schluchzend um den Hals. „Sofia, meine schöne, tapfere Frau, beruhige dich. Du hast gerade einen gesunden Jungen geboren. Und Gott hat uns auch noch Luigi geschenkt. Wir dürfen nicht undankbar sein, hörst du?“ Massimo versuchte sich mit seinen Worten selbst zu trösten. Auch er war verbittert über die Nachricht. Erst spät in der Nacht verebbte Sofias Schluchzen langsam und Massimo hielt so lange ihre Hand, bis sie eingeschlafen war. Dann ging er nach Hause

Eine Woche des Schmerzes und der Trauer verging, doch eines Morgens wachte Sofia auf und wusste, dass sie auch diesen Schicksalsschlag überwinden würde. Energisch wischte sie sich ihre Tränen aus den Augen. Sie hatte die Fähigkeit, immer wieder neue Kraft zu schöpfen. Das hatte sie nach dem Tod ihrer Mutter bewiesen. Nun gut, sie würde keine Kinder mehr bekommen können. Aber das war kein Grund sich aufzugeben, auch wenn es jetzt unendlich weh tat. Sofia ballte die Hände und schwor sich, dass sie sich niemals unterkriegen lassen würde. Dafür hatte sie zu viele Kämpfe ausgestanden. Sie hatte zwei gesunde, kräftige Söhne, dafür musste sie Gott danken. Und sie würde ihren Kindern eine gute Mutter sein, ganz gleich, was passierte. Sie öffnete das Fenster und warme Luft strömte ihr entgegen. Das Leben hatte sie wieder.

Sofia hielt ihr Versprechen. Sie war ihren Söhnen eine wunderbare Mutter. Die erste Zeit war nicht einfach gewesen, immer wieder hatte sie sich zusammenreißen müssen, um nicht zu weinen. Freude und Trauer wechselten sich ab in ihrem Leben. Doch immer wieder hatte sie auch die Kraft gefunden, sich selbst zu sagen, dass es gut so ist, wie es ist! Wenn sie ihre beiden Jungs betrachtete und ihre Liebe spürte, dann wusste sie, dass sie glücklich und zufrieden sein musste mit dem, was sie hatte.

Auch Massimo litt noch lange unter dem Schock, dass Sofia keine Kinder mehr bekommen konnte. Aber er versuchte sich nichts anmerken zu lassen und überspielte seine Enttäuschung. Doch Sofia kannte ihren Mann gut genug, um zu wissen, wie traurig er war. Er hätte sich wirklich von ganzem Herzen eine kleine Tochter gewünscht. „Wir werden wunderbare Schwiegertöchter bekommen, weil wir wunderbare Söhne haben", sagte Sofia einmal zu ihm und Massimo gab ihr lächelnd einen Kuss. „Ja, wir können wirklich stolz sein auf unsere Söhne."

6

Seitdem waren 5 Jahre vergangen und mit der Zeit verblasste der Schmerz. Sofia hatte den ganzen Tag alle Hände voll zu tun. Kochen, spielen, aufräumen, aufgeschlagene Knie mit einem Pflaster versorgen und die kleinen Sorgen der Kinder anhören. Denn es gab immer mal wieder kleinere Katastrophen im Leben der Jungs, wenn sie zum Beispiel eine tote Taube gefunden hatten und darüber traurig waren, oder wenn der eine versuchte, dem anderen das Spielzeug wegzunehmen.

Luigi war bereits im zweiten Jahr in der Schule und war mächtig froh, zu den Großen zu gehören. Er war ein fleißiger Schüler und der fünfjährige Stefano beneidete seinen Bruder und erzählte immer etwas davon, dass er auch „Schule machen“ wollte. Sofia musste jedesmal lachen, wenn ihr jüngster Sohn seinen großen Bruder kopierte und sich mit einem Stift und einem Papier bewaffnet an den Küchentisch setzte. „Hausaufgaben“ äffte er Luigi nach und malte mit angestrengtem Gesichtsausdruck bunte Bilder. Er war wirklich ein sehr aufgeweckter Junge und mit seinem Charme verzauberte er schon jetzt seine ganze Umgebung. Manchmal erinnerte sein Verhalten Sofia an das unbekümmerte und zauberhafte Wesen ihrer Schwester. Genau wie mit Rosalia wurde sie auf der Straße angesprochen, wenn sie mit Stefano unterwegs war. Massimos Mutter meinte hingegen, Stefano sähe genauso aus wie sein Vater als Kind. Sie holte alte Fotografien heraus und tatsächlich war Stefano Massimo wie aus dem Gesicht geschnitten.

Doch dann geschah etwas, das Sofias ganzes Leben verändern sollte. Massimo kam von einem Gespräch mit seinem Vater zu Sofia und setzte sich mit besorgter Miene zu ihr in die Küche. Sie spürte sofort, dass irgendetwas nicht in Ordnung war. Schweigend servierte sie ihm eine Tasse Kaffee und beobachtete, wie er vorsichtig einen Schluck nahm. Sie hatte schon seit Tagen das Gefühl, dass ihren Mann etwas bedrückte, doch so deutlich wie heute war es noch nie gewesen. Er saß am Tisch, drehte den Ehering hin und her und rührte gedankenverloren in seiner Kaffeetasse.

„Sofia, wir beide haben eine sehr schwere Entscheidung zu fällen", begann er langsam und nahm einen Schluck aus seiner Kaffeetasse. Sofia schaute ihn erschrocken an. Was für eine Entscheidung? Und wieso ‚wir'? Normalerweise war es Massimo, der familiäre Angelegenheit entschied. Sofia war die Ausführende, sie sorgte dafür, dass ihr Leben funktionierte und versuchte, die kleinen Sorgen von ihrem Mann fern zu halten. Doch jetzt hatte er gesagt: „Wir müssen eine Entscheidung treffen."

„Du weißt, dass ich in meiner Jugend eine Zeit lang in Deutschland war ..." Massimo sah von seiner Tasse hoch und schaute Sofia direkt in die Augen. Sie nickte. Ja, das wusste sie doch, aber.... „Ich habe damals nicht nur die deutsche Sprache gelernt, sondern auch Einblick in die Strukturen vor Ort bekommen. Damals hat unsere Organisation allmählich auch in Deutschland Fuß gefasst. Viele Italiener leben dort und damals wurde eine erste kleine Schutzgeldorganisation aufgebaut." Sofia runzelte die Stirn. Sie wusste das. Massimo hatte ihr davon erzählt. Meistens kam das Thema auf, wenn Meldungen über Deutschland in der Zeitung standen. Aber warum erzählte er ihr das jetzt?

„Ich bin ein wichtiger Mann in Palermo, doch inzwischen sind meine Brüder so gut eingearbeitet, dass sie die Geschäfte fast allein führen können. In Deutschland dagegen fehlt es an fähigen Männern, die die Organisation aufbauen." Sofia starrte Massimo an. Sie spürte, wie ihr Mund trocken wurde, ihre Hände fingen an zu zittern.

„Sofia! Mein Vater wünscht, dass ich nach Berlin gehe, um die Macht, die wir hier auf Sizilien haben, auch dort auszubauen!" Er stand auf und ging zum Fenster. Sofia blickte ihm hinterher. Deutschland? Sie sollten nach Deutschland gehen? Wie lange? Aber sie war hier zu Hause, hier war doch ihre ganze Familie, ihr Vater, ihr Bruder, hier waren ihre Mutter und ihre Schwester begraben. Was sollte sie irgendwo in der Ferne? Sie konnte noch nicht einmal die Sprache! Sie wusste auch nichts über das Land, außer vielleicht, dass die Deutschen im Krieg erst die Verbündeten von Italien waren und dann die Feinde. Ab und zu verirrte sich ein deutscher Tourist nach Palermo …

„Aber hier ist unsere Familie“, stieß sie atemlos hervor. „Unsere Heimat!“ Sie stand auf und trat neben ihn. Mit der Hand zeigte sie auf die Straße. „Es ist deine Heimat!“ Massimo drehte sich um und legte den Arm um sie. „Ja, es ist unsere Heimat und das wird es auch bleiben.“ Sofia schaute ihn an und sie wusste in dem Moment, dass es schon entschieden war. Massimo hatte mit ihr gesprochen, hatte es ihr erzählt, doch er erwartete, dass sie ihm ihre Zustimmung gab. Sofia wurde schwindelig, sie löste sich aus seinen Armen und ließ sich auf einen Stuhl fallen. Lange Zeit starrte sie regungslos vor sich hin und Massimo ließ sie gewähren. Nach einer Weile hob sie den Kopf und schaute ihren Mann an. Das Mindeste, was er von seiner Frau erwarten konnte, war, dass sie ihm bedingungslos zur Seite stand! Sie atmete tief durch. Das Wichtigste war doch, dass sie alle zusammen waren. Wie hieß dieser Satz, den ihre Mutter immer gesagt hatte? Heimat ist da, wo meine Familie ist!

Massimo ging für zwei Jahre nach Berlin, um alles vorzubereiten. Er übernahm eine kleine Pizzeria und baute im Hintergrund seine Geschäfte aus. Alle paar Monate kam er nach Hause zu seiner Familie und erzählte von den neuesten Vorbereitungen. Sofia lernte in dieser Zeit in Palermo die deutsche Sprache. Massimo hatte ihr viele Lehrbücher besorgt und auch Luigi und Stefano sollten schon auf ihr neues Leben vorbereitet werden und zumindest ein bisschen von der neuen Sprache lernen. Die beiden nahmen die Situation sehr leicht. Die Aussicht auf eine Reise machte sie neugierig. Ein anderes Land, eine andere Schule, neue Freunde. Es würde spannend werden. Stefano plapperte seiner Mutter immer bei den Sprachübungen nach: „Grazie. Danke. Prego. Bitte."

Für Sofia war es schwerer, doch je mehr sie sich in die neue Aufgabe vertiefte, um so reizvoller erschien es ihr, diese Sprache zu lernen. Wenn sie dort eine Pizzeria führen sollten, musste sie die Menschen verstehen, außerdem wollte sie ihren Kindern nach wie vor bei den Schularbeiten helfen können, und dazu musste sie erst einmal die Sprache lernen.

Und dann am Ende der zwei Jahre kam ein Schreiben Massimos: Hole dich und die Jungs in einem Monat ab, stand dort geschrieben. Sofia sollte nur ihre persönlichen Sachen einpacken, alles andere hatte Massimo in Deutschland herrichten lassen.

Sofia saß am Küchentisch und ließ den Brief sinken. Nun war es so weit, nun musste sie endgültig Abschied nehmen von Palermo, aber sie würde endlich wieder mit Massimo vereint sein.

Zweiter Teil

7

„Guck mal, Mama, die Leute hier haben alle ganz dicke Mäntel an!“ Stefano drückte sich seine Nase an der Fensterscheibe des Autos platt und teilte ohne Unterlass seine neuesten Beobachtungen mit. „Die Häuser sehen aber komisch aus, so dunkel irgendwie. Gibt es hier keine Kirchen wie bei uns?“ Sofia atmete tief durch. Sie fuhren schon seit einer halben Stunde kreuz und quer durch Berlin. Es herrschte viel Verkehr und die Stadt war groß. Am liebsten hätte sie ihrem jüngsten Sohn gesagt, er solle den Mund halten, doch sie wusste, dass das ungerecht war. Das einzige, was sie an seinem munteren Kindergeplapper störte, war, dass er aussprach, was sie dachte. Auch sie hatte gesehen, dass die Leute Mäntel trugen, obwohl es schon Ende März war. Und auch ihr war aufgefallen, dass die Häuser nicht im Entferntesten an den hellen kalkigen Stein von Palermo erinnerten und ebenso wie Stefano suchte sie verzweifelt die Kirchen. Endlich bogen sie in eine Seitenstraße ein, und ein hoher Kirchturm breitete sich vor ihnen aus.

„Da! Da, Mama. Eine Kirche!“ Stefano schrie fast und Sofia bedeutete ihm leiser zu sein. Aber Massimo störte das Geplapper nicht. „Ja, Stefano, das ist eine Kirche und gleich kommen wir an das Brandenburger Tor. Dahinter ist die DDR. Der andere Teil von Deutschland, durch den wir schon durchgefahren sind. Könnt ihr euch vorstellen, dass mitten durch die Stadt eine große Mauer mit Stacheldraht darauf verläuft?“ Stefano reckte neugierig den Kopf nach vorne und bestaunte mir offenem Mund die Wachposten mit ihren Gewehren. „Schießen die auch?“ „Nein, Stefano, nur wenn es wirklich nötig ist. Zum Beispiel, wenn jemand von dort drüben fliehen möchte. Das darf er nämlich nicht. Das ist verboten.“ „Ich würde da ausbrechen“, empörte sich Stefano. „Man kann doch nicht hinter einer Mauer wohnen. Das ist doch gemein.“ Massimo lächelte milde und warf seiner Frau einen hilflosen Blick zu. Sofia zuckte die Schultern. Sie wusste ja selbst nicht viel von den politischen Verhältnissen hier in Deutschland, für sie war es ja auch viel wichtiger, sich jetzt erst mal an die ganz alltäglichen Dinge zu gewöhnen. Stefano redete ohne Unterbrechung: „Guckt mal, die vielen Geschäfte“, staunte er. „Gehen wir auch mal dahin?“ Sofia drehte sich zu den beiden Jungs auf der Rückbank um. Luigi hatte kein Wort gesagt, seit sie in Berlin angekommen waren. Er starrte mit großen, erstaunten Augen aus dem Fenster und schien seinen Bruder gar nicht zu hören. Er war völlig in seine eigenen Gedanken versunken. Sofia musste unwillkürlich lächeln. Wie unterschiedlich ihre Söhne waren. Stefano war jetzt neun Jahre alt. Er war aufgeweckt und immer, wenn er von der Schule nach Hause kam, erzählte er munter von seinen Erlebnissen. Sofia musste ihn sogar manchmal bremsen, damit er nicht vergaß sein Mittagessen zu essen. Er hatte auch nichts von dem kindlichen Charme der Anfangsjahre eingebüßt. Wenn er etwas angestellt hatte, versuchte sie ernsthaft mit ihm zu schimpfen, doch er schaute sie meist so unschuldig an, dass sie es nicht über das Herz brachte, lange böse zu sein.

Der elfjährige Luigi hingegen war ein eher stiller Typ. Er erzählte nicht viel von sich selbst. Sofia erkundigte sich oft, was die Schule machte oder wie es mit den Freunden ging. Dann beantwortete er ihre Fragen bereitwillig, — allerdings überschlug er sich nicht beim Reden wie sein jüngerer Bruder, sondern wählte seine Worte sehr genau. Er war ein gut aussehender Junge geworden und wenn er so bedächtig und nachdenklich den Gesprächen folgte oder seine Antworten genau auswählte, dann wirkte er schon älter als elf.

„Mama, wo ist denn der Hafen?", rief Stefano in dem Moment und unterbrach Sofias Gedanken abrupt. Sie drehte sich zu ihm. „Mein Sohn, ich habe dir doch alles auf der großen Landkarte gezeigt: Berlin hat keinen Hafen, weil die Stadt nicht am Meer liegt. Va bene? Wir schauen es uns morgen noch einmal an! Und jetzt tu deiner Mama einen Gefallen und sei ein bisschen leiser."

„Aber …", wehrte Stefano sich gegen den mütterlichen Eingriff, doch Massimo wies ihn mit strengem Tonfall zurecht. „Du hast gehört, was deine Mutter gesagt hat. Sei jetzt still und richte dich danach!“ Stefano gehorchte widerstrebend.

„Gleich sind wir da!“, kündigte Massimo wenig später an und bog mit dem Wagen in eine Seitenstraße ein, vorbei an einem mittelgroßen Platz. „Savignyplatz“, las Sofia stolz. „Das klingt so vornehm französisch“. Sie freute sich. Anscheinend war das Büffeln in Palermo nicht umsonst gewesen. Sofia hatte sich einen soliden Grundwortschatz erarbeitet. „Uhlandstraße“, fuhr sie mit ihren ersten Deutschversuchen fort. „Ja, und hier wohnen wir“, erklärte Massimo und parkte den Wagen vor einem der vielen Altbauten der Straße.

Stefano und Luigi rannten neugierig das großzügige Marmortreppenhaus hinauf. Sofia und Massimo folgten ihnen langsamer, doch auch Sofia konnte es jetzt kaum erwarten, ihr neues Heim zu betreten. Umständlich öffnete Massimo die Tür und gab den Blick auf einen langen Flur frei.

„Das ist ja enorm groß“, staunte Sofia und ließ sich von Massimo quer durch die riesige 5-Zimmer-Wohnung führen. „Und die hohen Decken …“

„Es ist zwar kein Haus, aber ich habe mir Mühe gegeben, wenigstens eine passende Wohnung zu finden“, erklärte Massimo und führte sie in die Küche. „Und hier ist dein Reich, bella Sofia.“ Er zeigte mit einer ausholenden Geste auf die moderne Einbauküche, dann eilte er auf eine Tür zu und öffnete sie. „Die Speisekammer …“ Er ging einen

Schritt weiter und riss eine große Fenstertüre auf: „… und ein Balkon. Hier gibt es zwar keinen Garten, doch du kannst mühelos ein paar von deinen Kräutern anbauen."

„Grazie, Massimo!" Sofia machte neugierig einen Schritt auf den Balkon hinaus. Er gab den Blick auf einen großen Hinterhof frei. Für Sofia ein ungewohnter Anblick. Doch wenigstens gibt es hier Bäume, dachte sie. Dann eilte sie zurück in die Küche und inspizierte die Schränke. Massimo hatte für alles gesorgt: Geschirr, Vorräte, Küchengeräte. „Du hast wirklich an alles gedacht", freute sie sich. „Sogar eine echt italienische Kartoffelpresse, um Gnocchi zu bereiten!"

„Mama, ich habe ein eigenes Zimmer!", schmetterte Stefano in dem Moment von der Türe her und stürmte in die Küche. Übermütig schlang er seine Arme um Sofias Taille. „Du erdrückst mich", wehrte sie sich, freute sich aber über die strahlenden Augen ihres Sohnes. „Danke, Papa", kam es etwas ruhiger von der Türe her. Sofia drehte sich um. Luigi stand in seiner dunkelblauen Hose und passendem Hemd an den Rahmen gelehnt. Er sieht gut aus, dachte Sofia. Selbstbewusst und stark. „Jetzt kann ich endlich mal abends lesen, ohne dass Stefano mir die Ohren vollquatscht", witzelte er und wurde sofort von seinem Bruder unterbrochen.

„Ich quatsche dir nicht die Ohren voll", wehrte sich Stefano lautstark und lief zu seinem Vater. „Es ist nämlich so, dass Luigi mir immer alle möglichen Dinge erzählt, um zu zeigen, wie klug er ist."

„Na, dann sei doch froh, dass du so einen klugen Bruder hast“, amüsierte sich Massimo und verdrehte gespielt die Augen. „So, ihr zwei, und jetzt nehmt ihr eure Zimmer mal etwas genauer unter die Lupe. Ich habe etwas mit eurer Mutter zu besprechen.“ Während die Jungs in ihre Räume abzogen, wandte Massimo sich an Sofia.

„Herzlich Willkommen in Berlin, cara Sofia!“, sagte er mit seiner warmen tiefen Stimme. Sofia schaute ihm tief in die Augen. Obwohl sie jetzt schon 12 Jahre verheiratet waren, konnte der Klang seiner Stimme sie immer noch tief berühren. Sie liebte Massimo, doch war die anfängliche Verliebtheit und Schwärmerei nun einer tiefen Liebe gewichen. Vertrauen war an die Stelle von Neugier getreten, Geborgenheit an die Stelle von Träumereien. Sofia kannte Massimo, sie war in der Lage, ihm seine Wünsche von den Lippen abzulesen. Wenn er gestresst nach Hause kam, wusste sie, dass es besser war nichts zu sagen. Er mochte es nicht, wenn sie ihn aushorchte. Was er erzählen wollte, erzählte er ihr, ansonsten schwieg er über seine Geschäfte. Doch im Großen und Ganzen hatte er Sofia im Laufe der gemeinsam verbrachten Jahre immer mehr Einblick gegeben. Auch über seine Pläne in Berlin wusste sie mehr oder weniger Bescheid. Gerade in einem fremden Land war es hilfreich, eine Frau zu haben, die wusste, worum es geht. Und Sofia hatte gelernt, ihren Mann auch ohne große Worte zu verstehen. Auch jetzt spürte Sofia, dass Massimo noch etwas anderes von ihr wollte, außer sie in der neuen Heimat zu begrüßen. Sie setzte Wasser auf, um einen Espresso zu kochen, so wie er ihn am liebsten mochte, viel Kaffeepulver mit wenig Wasser kurz überbrüht. Massimo nahm unterdessen an dem modernen Küchentisch aus Holz Platz.

„Sofia, du weißt, dass das hier keine leichte Aufgabe ist, aber wenn wir unsere Gewohnheiten beibehalten und uns als Familie fest zusammentun, wird es ein gutes Leben sein, das auf uns wartet.“ Er machte eine Pause und wartete, bis Sofia ihm den Kaffee eingegossen hatte. „Hier bin ich jetzt der Don und wir sind in den italienischen Kreisen sehr angesehen. Ich bin für die Menschen das, was mein Vater in Palermo war.“ Sofia nickte und setzte sich zu ihrem Mann. Sie wusste, dass Massimo sich genau diese Herausforderung gewünscht hatte: Er wollte sein eigener Herr sein und seine eigene Organisation unter sich haben.

„Dennoch ist hier nicht Palermo!“, fuhr er eindringlich fort und trank einen Schluck aus seiner Tasse. „Für dich heißt das: Du darfst mit niemandem über Dinge sprechen, die uns verraten könnten. Auch nicht mit den Italienern, außer wenn ich dabei bin und dir ein Zeichen gebe, dass du reden kannst. Hier in Deutschland haben wir zwar inzwischen eine große Macht, doch die Polizei und vor allen Dingen die Politiker sind nicht mit unseren Beamten zu vergleichen. Hier haben wir keine jahrhundertealte Mafiatradition.“ Sofia runzelte die Stirn und fuhr sich mit der Hand über die streng zurückgekämmten Haare. Wenn Massimo ihr extra sagte, dass die Situation hier schwieriger werden würde, dann war sie wirklich schwierig. Massimo machte sich nie Gedanken, wenn nicht wirklich ein Grund dafür vorhanden war.

„Deine Pizzeria muss lupenrein sein, damit die Behörden gar nicht auf die Idee kommen, dass du dich auch um das Schutzgeldgeschäft kümmerst.“ Sie sagte mit Absicht Schutzgeldgeschäft, weil sie nicht zeigen wollte, dass sie sehr genau wusste, dass es sich auch um Prostitution handelte, – und das war etwas, das sie nach wie vor zutiefst verachtete. Sie hatte in Palermo ein Gespräch zwischen Massimo und seinem Vater mit angehört, in dem die neuen Aufgaben sehr deutlich wurden: Es ging unter anderem um mehrere Nachtclubs in Berlin, für die Massimo die Oberaufsicht übernehmen sollte.

„Die Pizzeria ist schon als sehr gute Tarnung aufgebaut, ich habe auch einen Geschäftsführer eingestellt, dem ich vertrauen kann, Luciano Donabene. Sein Sohn Toni ist so etwas wie mein Leibwächter.“

„Du brauchst einen Leibwächter?“ Sofia zuckte erschrocken zurück. „In Palermo hast du das nie nötig gehabt!“

„Na ja, das ist vielleicht ein wenig übertrieben. Sagen wir, er ist mein persönlicher Assistent!“ Massimo zündete sich eine große Zigarre an und betrachtete nachdenklich die Glut. „Er nimmt mir einige Aufgaben ab und er ist bewaffnet.“ Er blickte zu Sofia. „Das ist alles, was ich dazu zu sagen habe.“ Sofia schwieg. Sie wusste, dass sie sich nach diesen Worten nicht weiter in diese Angelegenheit einmischen durfte. Und schließlich: Warum sollte er nicht einen persönlichen Berater haben? Und das mit der Waffe war vielleicht neu, aber nicht ungewöhnlich, versuchte sie sich zu beruhigen. In Palermo waren die jungen Männer um Don Salvatore alle bewaffnet. Dennoch beschlich sie ein ungutes Gefühl.

„Ich möchte, dass auch du dich so oft wie möglich in der Pizzeria aufhältst", fuhr Massimo nach einer Weile fort. „Es kann nicht schaden, wenn Luciano Donabene dich ein bisschen einweiht. Ich möchte, dass meine Familie mit den Dingen vertraut ist, die die Organisation betreffen und, wie du schon sagtest: Die Pizzeria muss lupenrein sein. Und du bist die Beste für diese Aufgabe, du hast erlebt, wie dein Vater sein Ristorante führte."

„Massimo", unterbrach Sofia ihren Mann kopfschüttelnd. „Natürlich werde ich dir helfen. Die Mitglieder deiner Familie sind die einzigen, denen du wirklich vertrauen kannst. Ich werde mir alles erklären lassen, und dann habe ich die Kontrolle!" Sie legte ihre Hand auf seine. „Vertrau mir!"

„Das tue ich, Sofia!" Massimo stand auf. „Und nun lass uns nach unseren Söhnen schauen!"

Am nächsten Tag zeigte Massimo seiner Frau die Pizzeria. Sofia stellte mit Freude fest, dass es sich um ein relativ großes, aber sehr gemütliches Lokal handelte. Hinter der Theke war der Durchgang zur Küche sichtbar. Die Theke war aus massivem Holz und die Einrichtung einfach: Holzstühle mit Sitzen aus geflochtenem Bast und auf den Tischen rot-weiß karierte Tischdecken. Überall standen Kerzen und verteilten ein angenehmes Licht.

„Gefällt es dir?“, fragte Massimo, nachdem er Sofia den Mantel abgenommen hatte. „Ob es mir gefällt? Es erinnert mich an die Heimat“, antwortete Sofia übermütig. Für einen Augenblick fühlte sie sich wie als junges Mädchen bei ihrem Vater im Ristorante. Sie wollte gerade einen der Stühle ausprobieren, da kam ein Mann so um die vierzig auf sie zu. „Donna Sofia!“, rief er mit einem breiten Lächeln. Sie schaute ihm entgegen. Er trug einen schlichten Anzug und hatte kurzes graumeliertes Haar.

„Darf ich vorstellen: Luciano Donabene. Meine rechte Hand in der Pizzeria!“, erklärte Massimo. Sofia reichte Luciano Donabene die Hand und er deutete galant einen Handkuss an.

„Wie schön, dass Sie endlich hier sind! Massimo konnte es gar nicht mehr erwarten, Sie endlich bei uns in Berlin zu haben.“ Sofia hob eine Augenbraue und schaute ihr Gegenüber fragend an. „Das will ich doch hoffen, dass er mich vermisst hat“, bemerkte sie mit einem leicht kühlen Unterton, den sie allen Fremden gegenüber an den Tag legte. Dann bat sie darum, die Küche sehen zu dürfen. Massimo hatte nach seiner eigenen Aussage einen hervorragenden Koch eingestellt, doch wenn sie öfter hier sein würde, dann wollte sie auch die ein oder andere Spezialität selbst anrichten. Die Küche war großzügig geschnitten und die Einrichtung ganz modern. Alles war sehr sauber und erinnerte sie mit den vielen Töpfen und Pfannen auf dem riesigen Herd, den vollen Körben mit frischem Gemüse an das Ristorante von ihrem Vater. Ein wehmütiges Lächeln umspielte ihre Lippen.

„Woran denken Sie?", unterbrach Luciano Donabene ihre Gedanken.

„An die Heimat, an meinen Vater und den ganz besonderen Geruch, den nur eine italienische Küche hervorzaubern kann." Der Geschäftsführer schaute sie interessiert an. „Ich war schon lange nicht mehr in Sizilien, aber es fehlt mir immer noch!" Er nahm eine der Pfannen von der Anrichte und hängte sie an den dafür vorgesehen Haken über dem Herd. „Ich würde ja manchmal fahren, aber meine Frau will nicht mehr dorthin zurück. Vergangenheit ist Vergangenheit, sagt sie immer."

„Sie sind der Mann im Haus!", entgegnete Sofia scharf und schüttelte ungläubig den Kopf. Wo gab es denn so etwas? Eine Frau sagte ihrem Mann, was er zu tun und zu lassen habe. Luciano Donabene senkte den Kopf und eilte voraus in den Gastraum. „Kommen Sie, Donna Sofia, lassen Sie uns einen echten italienischen Espresso trinken."

In den nächsten Tagen ging Sofia jeden Nachmittag in die Pizzeria. Luciano Donabene erklärte ihr alle Abläufe: Alle 10 Tage fuhr er zum italienischen Großhändler, und eine der Angestellten ging jeden Tag auf den Gemüsemarkt, um alle Zutaten frisch zu kaufen. „Ich selber bin jeden Donnerstag auf dem Großmarkt, um den besten Fisch zu bekommen." Sofia lernte aber auch alles darüber, wie man korrekt die Bücher führte, um keinen Verdacht zu erregen. Sie lernte schnell und nahm ihre neue Aufgabe sehr ernst: Luciano Donabene würde sich weiterhin um alles kümmern, doch Sofia sollte über jeden Schritt informiert werden und im Restaurant sein, wenn Massimo nicht da war.

Doch auch wenn das neue Leben Sofia im Handumdrehen in Anspruch nahm, hatte sie in den ersten Wochen eine unbändige Sehnsucht nach Palermo. Sie vermisste es, ihren Vater und Alfredo mal eben im Ristorante besuchen zu können und auch die Spaziergänge mit Gianna und den Kindern fehlten ihr. Sie sehnte sich nach dem Haus in der Via Roma, nach den Gesprächen mit Massimos Mutter und dem rauen Lachen seines Vaters. Aber sie vermisste auch die Stadt. Die sonnengetränkten heißen Straßen, die lebhaften Plätze, die Felsenberge aus hellem Kalk. Nie war ihr bewusst gewesen, wie einzigartig der Anblick von Mandelbäumen und der Geschmack der heimischen Oliven war.

Das Schwerste an Sofias neuem Leben in Berlin war jedoch, dass sie alles, aber wirklich alles ganz neu organisieren musste. Die Sprache war ihr noch fremd und sie hatte nicht das Gefühl, überall willkommen zu sein. „Geht doch wieder nach Hause, ihr Spaghettifresser" rief ihr einmal eine Frau im Supermarkt nach, weil sich Sofia angeblich an der Käsetheke vorgedrängelt hatte. Sofia schenkte der Frau einen vernichtenden Blick. Was die sich einbildete. Warte nur ab, dachte sie kämpferisch. Mein Mann wird das ganze Viertel hier neu organisieren, von wegen „geht doch nach Hause“. Doch die Gäste in der Pizzeria waren anders. Sie waren freundlich und viele kannte Italien aus dem Urlaub. Sofia konnte zwar noch nicht fließend mit ihnen sprechen, doch oftmals verständigten sie sich mit Händen und Füßen, irgendwie ging es immer.

Als erstes begleitete Sofia ihre Söhne in ihre neuen Schulen. Stefanos Grundschule bestand aus einem großen alten Gebäude und einem kleinen Schulhof davor. Sie war nur wenige Straßen von ihrem Haus entfernt. Als sie den Schulhof betraten, war gerade Pause und lautes Kinderlachen tönte ihnen entgegen. Sofia schmunzelte, allerdings kamen ihr die Kinder lauter vor als in Palermo, doch im Großen und Ganzen war es ähnlich wie bei ihnen. Umso größer war der Schock, als sie auf den Hof der Realschule trat. Hier schien das reinste Chaos zu herrschen. Die Jugendlichen standen in Gruppen auf dem Schulhof, einige rauften, in einer Ecke entdeckte sie sogar Schüler, die heimlich Zigaretten rauchten. Manche von den Jungen hatten längere Haare und trugen abgewetzte Jeanshosen, anstatt der in Sofias Augen viel gepflegteren Stoffhosen. Unwillig sah sie sich um. Sie hatte schon gehört, dass in Deutschland andere Moralvorstellungen herrschten als in Italien, aber so hatte sie es sich nun doch nicht vorgestellt. Sie musste sehen, dass sie ihre Söhne zu Hause nach ihren sizilianischen Maßstäben erzog, und aufpassen, dass sie sich nicht zu sehr an den deutschen Sitten orientierten.

Für die frühen Abendstunden hatte Sofia mit Hilfe von Stefanos Direktorin einen Deutschlehrer engagiert. Thomas, ein junger Student, der sich gerade auf sein Abschlussexamen vorbereitete. Er half den Jungen bei den Hausaufgaben und unterrichtete sie in Deutsch. Sooft sie konnte, kam Sofia hinzu, um die Sprache noch besser zu lernen.

Auch die täglichen Einkäufe wollten organisiert sein. Anna-Maria, die Frau von Luciano Donabene, zeigte ihr alle Läden im Viertel: den Supermarkt, in dem sie Vorräte einkaufen konnte, den Getränkeladen, ein kleines italienisches Spezialitätengeschäft und einen Weinhändler, der neben französischen und spanischen auch italienische Weine führte. Zu Sofias großer Freude entdeckte sie hier sogar echtes sizilianisches Olivenöl, viel teurer als in der Heimat, aber wenigstens gab ihr das ein wenig das Gefühl von Vertrautheit.

„Am besten, Sie schaffen sich auf Dauer eine Haushaltshilfe an, dann kann sie solche Dinge für Sie erledigen", schlug Anna-Maria freundlich vor, als sie vollbepackt mit ihren Einkäufen wieder nach Hause gingen. Sofia schüttelte entsetzt den Kopf. Eine Haushaltshilfe? Wie konnte man nur auf solch eine Idee kommen?

„No, niemals", wehrte sie sich. „Wissen Sie denn nicht, dass es das Schönste ist, für seine Männer den Haushalt zu führen? Ich habe drei Männer, tre. Wie könnte eine Haushaltshilfe ihre Kragen so bügeln, dass sie wirklich zufrieden sind? Und sie wüsste doch auch niemals, wann mal wieder das Lieblingsgericht von einem der Männer her muss? Und die Zutaten, i ingredienti, man muss sie selber aussuchen, sonst gelingt das Essen nicht." Sofia stellte ihre Tüten kurz ab, um Kraft zu schöpfen. Sie betrachtete Anna-Maria verständnislos. Sie war eine schlanke Frau so um die vierzig. In Frisur und Kleidung schien sie sich den deutschen Sitten angepasst zu haben: Ihre Haare trug sie schulterlang, fransig geschnitten und offen. Sie hatte lange Hosen mit Schlag an und eine weite Bluse in bunten Farben. Sofia glaubte nicht, dass sie sich mit dieser Frau anfreunden könnte. Sie wirkte so modern und selbstsicher, ganz anders als die Frauen in Palermo. Dabei kam Anna-Maria auch aus Sizilien, doch sie war schon seit fast 20 Jahren in Deutschland und ihr Sohn Toni war sogar hier geboren. Am Abend erzählte sie Massimo verächtlich von dem Vorschlag Anna-Marias. Er lachte über ihr Entsetzen. „Sie weiß eben nicht, dass du so eine tolle Köchin bist." Er schaute über ihre Schulter in die Kochtöpfe auf dem Herd. Sofia hatte sich besonders viel Mühe gegeben bei ihrer Minestrone und genoss es, wie Massimo den Duft ihrer Speisen einsog und sich in Vorfreude auf das Essen die Lippen leckte.

„Am besten lädst du sie einfach mal zum Essen ein", schlug er vor und probierte die Suppe. Sofia runzelte die Stirn. Gar keine schlechte Idee. Es konnte ja nichts schaden, sie an Sizilien zu erinnern. Außerdem war sie ja nun einmal die Frau eines wichtigen Geschäftspartners ihres Mannes.

Am Freitag war Sofias letzter Einweisungstag in der Pizzeria und sie schloss gerade die Bücher, als Stefano in den Gastraum stürmte.

„Mama, Mama, heute haben wir auf dem Schulhof Fußball gespielt und ich habe zwei Tore geschossen." Er sah sehr stolz aus und wippte nervös von einem Fuß auf den anderen. Sofia erkannte mit einem kurzen Blick auf seine Kleidung sofort, dass er Fußball gespielt hatte. Die Hose war über und über mit Dreck beschmiert und das T-Shirt verschwitzt.

„Du siehst eher aus wie ein Raufbold als wie ein Fußballheld", sagte sie vorwurfsvoll, konnte sich jedoch ein Lächeln nicht verkneifen. Stefano wirkte so glücklich, und auch wenn Sofia es nicht wünschte, dass er zu engen Kontakt zu seinen Mitschülern hatte, wollte sie doch, dass er in der Schule anerkannt war. Und sie wusste noch von ihrem Bruder Alfredo, dass man sich mit Fußball den meisten Respekt verschaffen konnte.

„Das ist gemein, Mama", wehrte sich Stefano. „Es hat geregnet und deshalb war der Schulhof nass und viel dreckiger als sonst. Auf Sizilien hat es nie so oft geregnet." Sofia betrachtete ihren Sohn aufmerksam. Vermisste er Sizilien? Er wirkte eigentlich so, als ob er sich sehr schnell in der neuen Umgebung eingefunden hätte. Na ja, er braucht trotzdem

Zeit, überlegte sie. Genau wie sie selbst, Massimo und Luigi. Und mit dem Regen hatte er einfach Recht. Seit sie hier waren, hatte es häufig geregnet und auch Sofia fand es anstrengend, immer mit einem Schirm unter dem Arm einkaufen zu gehen. Doch daran hatten sie sich zu gewöhnen.

„So ist das nun mal", sagte sie kurz angebunden und stand auf. „Wie gehen nach Hause und du steigst erst einmal in die Badewanne."

Am meisten freute sich Sofia, als sie am Sonntag endlich mit Massimo und den Jungs in die nahe gelegene Kirche gehen konnte. An den ersten zwei Wochenenden hatte Massimo sie immer vertröstet. Er wollte zunächst alleine dort hingehen, um zu sehen, was für Leute in die Messe kämen. Sofia akzeptierte seinen Wunsch, und sie ahnte, was Massimos Beweggrund für diesen Kirchenbesuch war: Er wollte herauskriegen, ob nicht ausgerechnet seine gesamte Konkurrenz in diesem Gotteshaus betete. Denn Sofia wusste, dass Massimo hier auch mit Konkurrenten leben musste. Er hatte ihr zwar bis jetzt noch nichts Genaues erzählt, doch aus einigen seiner Bemerkungen hatte sie es heraushören können.

Als sie dann endlich die Kirche betrat, war sie zunächst erstaunt, wie schmucklos das große Innenschiff war. Auf Sizilien waren die Kirchen über und über mit Gold ausgestattet. Sie waren prachtvoll und reich. Doch diese Kirche war sehr bescheiden. Sofia ging vorsichtig in eine der mittleren Reihen und kniete sich neben ihrem Mann und ihren Söhnen auf die harte Holzbank, um zu beten. Wie früher genoss sie diese Minuten der Ruhe und der inneren Entspannung. Sie dankte Gott für ihre gesunden Kinder, den guten Mann an ihrer Seite und bat ihn, ihr viel Kraft für das neue Leben in Berlin zu geben.

8

Seit zwei Jahren war Sofia nun in Berlin. Am Anfang hatte sie jeden Tag an ihr Haus in Palermo denken müssen und ihrem Vater und ihrem Bruder jede Woche lange Briefe geschrieben. Am schwersten waren die nicht enden wollenden Wintermonate. In Berlin war es viel länger kalt und die Straßen wirkten häufig grau und ungemütlich. Die Menschen hasteten durch die Straßen und verkrochen sich in ihre dicken Mäntel. Doch mit der Zeit hatte Sofia sich recht gut eingelebt und vor allen Dingen Fortschritte in der deutschen Sprache gemacht. Wenn sie einkaufen ging, konnte sie genau erklären, was sie haben wollte und auch in der Pizzeria hielt sie inzwischen immer ein kurzes Schwätzchen mit den deutschen Gästen. Sonst hatte sie wenig Kontakt zu den Leuten hier. Manchmal begegnete sie den Nachbarn im Hausflur, dann grüßte sie freundlich, ging aber ansonsten ihrer Wege. Sie war sowieso die meiste Zeit in der Pizzeria. Richtig voll wurde es hier erst am Abend und sie konnte in Ruhe mit Luciano Donabene die Geschäfte durchgehen. Mittags kamen höchstens ein paar Geschäftsleute, die eilig eine kleine Mahlzeit zu sich nahmen. Sie hatten noch nicht einmal Zeit zum Essen, bemerkte Sofia kopfschüttelnd. In Palermo hatte man immer lange zusammen gesessen und auch mit ihrer Familie pflegte sie hier diese Angewohnheit. Wenn die Jungs aus der Schule kamen, hatte Sofia ihnen meist schon ihre Lieblingsspeisen zubereitet. Sie saßen dann zusammen an einem kleinen Ecktisch im hinteren Teil des Gastraums. Oft blieben Luigi und Stefano auch hier, um ihre Hausaufgaben zu erledigen. Es erfüllte Sofia mit Stolz, wie gut die beiden sich machten. Sie hatten in Windeseile die deutsche Sprache gelernt und kamen in der Schule gut mit. Sie brauchten noch nicht einmal mehr einen Nachhilfelehrer. Stefano ging inzwischen auch auf die Realschule und, auch wenn er schlechtere Noten nach Hause brachte als sein Bruder, so war er doch ein durchschnittlich guter Schüler. Sofia achtete sehr darauf, dass ihre Kinder die Schule ernst nahmen. Schließlich sollten sie später mindestens so klug sein wie ihr Vater.

Alles lief sehr normal und ohne größere Störungen, doch irgendwann bemerkte Sofia, dass Massimo sich veränderte. Er wirkte unruhig und angespannt. Wenn die Jungs zu laut waren oder irgendeinen Blödsinn machten, reagierte er nervös und brüllte sie auch schon einmal an. Sofia beobachtete die Stimmung ihres Mannes mit Besorgnis. Sicher, er war auch früher streng gewesen, und wenn Luigi oder Stefano wirklich etwas angestellt hatten, erhielten sie schon mal eine Ohrfeige, aber jetzt donnerte Massimo häufig ohne ersichtlichen Grund los. Sie beobachtete ihn, doch sie sagte nichts. Er hasste es, wenn sie sich einmischte. Es war ihm anzusehen, dass er Sorgen hatte und Sofia hoffte, dass sie den Grund für seine Veränderungen bald erfahren würde. Tatsächlich bat er sie an einem der folgenden Abende nach dem Essen, mit ihm ins Restaurant zu gehen. Sofia runzelte die Stirn. Es war schon zehn Uhr und um diese Uhrzeit blieb sie normalerweise im Haus bei den Kindern.

„Können wir nicht hier sprechen?", fragte sie verwundert, doch Massimo schüttelte energisch den Kopf.

„Keine Erklärung. Ich will einfach alleine mit dir sprechen." Sofia nickte kurz. Sie wusste, dass seine Aufforderung keine Widerrede duldete und holte sich eilig ihren Mantel. Es war Ende September und die Abende waren schon recht kühl. In Berlin war es zu dieser Jahreszeit schon viel kälter als in Palermo.

„Es hat sich viel verändert in letzter Zeit", begann Massimo als sie auf der Straße waren, um den kurzen Weg in die Pizzeria zurückzulegen. „Die Geschäfte sind härter geworden, weißt du?" Sofia murmelte etwas Zustimmendes und hakte sich bei ihm unter. Sie wusste natürlich nicht, ob die Geschäfte härter geworden waren oder nicht, doch sie wollte ihren Mann in aller Ruhe erzählen lassen, was ihm Sorgen machte. Sie betraten die Pizzeria und Massimo steuerte direkt auf den kleinen Tisch im hinteren Teil des Raumes zu, der auch abends für ihn und seine Familie reserviert war. Von hier aus konnte man das ganze Lokal überblicken und war doch ungestört von den anderen Gästen. Er bestellte Rotwein für sich und ein Wasser für Sofia.

„Eine italienische Familie im anderen Teil der Stadt macht uns zur Zeit große Sorgen, Sofia." Massimo schaute seine Frau mit bedeutungsvollem Blick an. „Seit Wochen bauen sie ihre eigenen Geschäfte auf und mischen sich massiv in unsere ein. Zu Anfang haben wir ihnen noch ein Angebot gemacht und ihnen vorgeschlagen, für uns zu arbeiten. Doch das haben sie abgelehnt. Stattdessen arbeiten sie in letzter Zeit verstärkt gegen uns und dringen in unsere Gebiete vor." Sofia hörte mit weit aufgerissenen Augen zu. Konkurrenz? Sie hatte geglaubt, Massimo hätte seine Gegner ausgeschaltet, als er nach Berlin gekommen war. Sie dachte, dass ihre Familie nun das uneingeschränkte Sagen hatte. Sie schluckte hart.

„Ihr müsst sie bekämpfen, Massimo! Ihr könnte euch nicht eure Geschäfte abjagen lassen", versuchte sie mit ruhiger Stimme zu sagen, doch sie spürte, wie ihr Körper anfing zu zittern.

„Das tun wir", versicherte Massimo ernst. „Aber natürlich lassen sie sich nicht so einfach ausschalten. Sie schlagen zurück!" Er nahm einen Schluck aus seinem Weinglas und sah Sofia fest in die Augen. „Ich mache mir Sorgen, Sofia, und ich möchte, dass weder die Jungs noch du in nächster Zeit alleine das Haus verlassen. Toni wird Luigi und Stefano in die Schule bringen und sie abholen. Wenn du mittags in die Pizzeria rüberkommst, holt Luciano Donabene dich ab." Sofias Atem ging schneller. Sie war vollkommen durcheinander. Was erzählte Massimo da? Wieso sollten sie nicht alleine auf die Straße? War es wirklich so gefährlich? Bis gestern hatten sie doch vollkommen friedlich gelebt, und nun das? Doch je mehr sie darüber nachdachte, um so klarer wurde ihr, dass Massimo Recht hatte. Wieso sollte es hier anders sein als auf Sizilien? Familienkämpfe, Konkurrenz, vendetta..., all das hatte es seit eh und je gegeben, das gehörte nun einmal zum Geschäft der Mafia.

„Ich werde tun, was du von mir verlangst", flüsterte sie. „Doch wir müssen den Jungs eine gute Erklärung dafür bieten. Besonders Luigi wird es nicht gerne sehen, dass er mit seinen dreizehn Jahren nicht ungehindert auf die Straße zu seinen Freunden darf."

„Ich wusste, dass ich mich auf dich verlassen kann", stellte Massimo bewundernd fest. „Du bist eine starke Frau, Sofia, und nicht so leicht aus der Ruhe zu bringen." Er nahm einen Schluck aus seinem Weinglas und runzelte nachdenklich die Stirn. „Ich werde ihnen die Wahrheit sagen, oder sagen wir: einen Teil der Wahrheit ..."

„Die Wahrheit?", unterbrach Sofia ihren Mann erschrocken. „Aber du kannst ihnen doch nicht sagen, dass sie in Gefahr sind. Dann sind sie verängstigt und unsicher. Besser ist es, sie wissen nichts."

„Doch, Sofia", widersprach Massimo. „Sie sind alt genug, um zu verstehen, dass es Leute gibt, die ihnen etwas tun wollen, nur weil sie in Konkurrenz zu ihrem Vater stehen. Dann lernen sie die Lage einzuschätzen und vor allen Dingen: Sie verplappern sich nicht bei ihren Schulkameraden." Sofia senkte den Kopf und blickte auf ihre Hände. Wahrscheinlich war es besser, dass ihre Kinder Bescheid wussten, doch sie kamen ihr immer noch so klein vor, es waren immer noch ihre bambini. Doch als ihre Eltern mussten sie die beiden auf das Leben vorbereiten, und ihr Leben bestand nun einmal auch aus Gefahr.

„Gut. Ich denke, wir sollten morgen beim Frühstück mit ihnen reden", schlug Sofia nach einer Weile vor. Massimo erklärte sich einverstanden. „Du weißt, dass ich das alles nur tue, um jede Gefahr von meiner Familie fernzuhalten. Und es wird ja auch nicht ewig dauern. Nur so lange, bis wir unsere Gegner erledigt haben."

Sie blieben noch einen Augenblick im Restaurant und gingen dann schweigend nach Hause. Jeder von ihnen hing seinen Gedanken nach. Sofia war kalt und sie fröstelte. Sie zog den Mantel enger um sich, doch es war eine innere Kälte, gegen die der dünne Stoff nichts ausrichten konnte. Sie mussten diese Gefahr überwinden, dachte sie ohne Unterlass. Zu Hause schaute sie noch kurz nach ihren Kindern, doch beide schliefen tief und fest. Sie ging ins Schlafzimmer und legte sich ins Bett. Massimo kam wenig später.

„Schlaf gut, Sofia", sagte er leise und nahm ihre Hand. „Mach dir keine Sorgen. Wir müssen einfach nur vorsichtig sein. Den Rest mache ich schon." Massimo gab ihr einen Kuss und löschte das Licht. Sofia schloss die Augen und lauschte auf das ruhige und gleichmäßige Atmen ihres Mannes. Zum ersten Mal seit dem Tod ihrer Mutter beschlich sie ein unheilvolles Gefühl. Sie lebte in einer Welt, in der die Gefahr an der Tagesordnung war. Nach außen hin schien es, als lebten sie und ihre Familie ein Leben wie alle anderen. Doch hinter der Maske lauerten Gewalt und Tod. So war es in Palermo und so war es hier in Deutschland.

Sofia seufzte und drehte sich unruhig hin und her. Eines war ihr am heutigen Abend klar geworden: Ihre Söhne mussten ganz allmählich in die Welt der Mafia eingeweiht werden. Natürlich waren sie noch zu jung, um die Organisation zu verstehen, doch sie mussten die Gesetze kennen lernen, die bei der Mafia herrschten. Und es war immer noch besser, ganz allmählich damit konfrontiert zu werden, als auf so eine grausame Art und Weise wie sie selbst. Mit Schaudern dachte sie an jenen schrecklichen Moment, als sie vor der Küche stand und mit einem kurzen Blick ihre Schwester und ihre Mutter dort blutüberströmt liegen sah. Sofia ballte die Faust. Sie würde ihre Söhne vor Unheil bewahren und sie würde dafür Sorge tragen, dass sie lernten, selbst jede Gefahr zu erkennen und sich zu wehren.

Vom nächsten Tag an wurde Toni zum Beschützer von Luigi und Stefano ernannt. Er holte sie morgens zu Hause ab, wartete, bis sie in ihren Klassen verschwunden waren und stand mittags wieder vor der Schule, um sie in die Pizzeria zu bringen. Während der Pausen durften Luigi und Stefano sich nur noch im hinteren Teil des Schulhofes aufhalten, und sobald Fremde auf dem Gelände auftauchten, sollten sie unter irgendeinem Vorwand die Lehrerin aufsuchen.

Die beiden akzeptierten die Anweisungen, ohne viel zu fragen, und auch Massimos Erklärung, dass es immer Menschen geben konnte, die den Wunsch hegten, ihm oder seiner Familie etwas anzutun, genügte ihnen. Sofia glaubte zu verstehen. Sie hatten schon viel zu viele Gespräche über Gefahr und Schutz mit angehört als sie klein waren, kein Wunder, dass sie eine dunkle Ahnung von dem hatten, was hier ablief.

Erst am Ende der ersten Woche rückte Luigi mit einer Frage heraus, die ihn schon seit längerem zu beschäftigen schien. Sie saßen alle gemeinsam um ihren Tisch in der Pizzeria. Auf dem Tisch standen dampfende Spaghetti und eine große Schale mit einer einfachen Tomatensoße. Sofia war gerade dabei, die Teller zu füllen, als Luigi plötzlich hervorstieß: „Papa, ist es nur ein gewöhnlicher Streit unter Konkurrenten?“ Sofia erschrak und musste sich beherrschen, um die Tomatensoße zielsicher auf den Nudeln zu platzieren und nicht irgendwo auf dem Tisch zu verteilen. Was war das denn für eine merkwürdige Frage? Sie warf ihrem Sohn einen unsicheren Blick zu und hörte, wie Massimo noch mal nachhakte, was Luigi denn mit dieser Frage meinen würde.

„Ich meine, ob es gewöhnlich ist, oder ob du zur Mafia gehörst?“, kam es selbstsicher von ihrem Sohn. Sofia ließ sich auf ihren Stuhl zurücksinken und blickte ihn mit hochgezogener Augenbraue an. Nur nicht anmerken lassen, dass diese Frage wie eine Bombe einschlug, dachte sie und bemühte sich, in aller Ruhe zu essen.

„Die Mafia?" Stefano, der heute ungewöhnlich schweigsam gewesen war, hob erstaunt den Kopf. Sofia verschluckte sich an ihren Spaghetti und nahm einen Schluck Wasser. Sie aß schweigend weiter und warf nur hin und wieder einen Blick zu Massimo. Was würde er tun? Er schwieg zunächst und sah seine Söhne so an, als ob er sie heute das erste Mal nach vielen Jahren wiedersehen würde. Sofia hielt den Atem an und ließ die Gabel sinken. Irgendwas musste Massimo doch antworten.

„Die Mafia ...", wiederholte er schließlich nachdenklich. „Wisst ihr, sie erzählen viel im Fernsehen und in der Zeitung. Aber die Mafia ist ganz anders! Ihr werdet es erfahren. Für den Moment reicht es, dass ihr wisst, dass ihr Teil einer großen Organisation seid, einer sehr mächtigen Organisation. Und es ist eure Aufgabe und eure Pflicht, gut auf euch selbst und auf die Familie Acht zu geben."

Sofia biss sich nachdenklich auf die Unterlippe. Warum fragte Luigi ausgerechnet heute nach der Mafia? Sie kannte ihren ältesten Sohn gut genug, um zu wissen, dass er fast immer einen Grund hatte, wenn er solche Fragen stellte. Als sie am Abend zu Hause waren, bat sie ihn zu sich ins Wohnzimmer.

„Luigi, du verheimlichst deiner Mutter etwas. Ich kenne

dich, und ich möchte wissen, wieso du ausgerechnet heute darauf gekommen bist, nach der Mafia zu fragen.“ Sofia stand aufrecht vor ihrem Sohn, der fast schon genauso groß war wie sie. In seinem dunkelblauen Kordanzug und dem dichten schwarzen Haar wirkte er auch schon ziemlich erwachsen. Luigi presste die Lippen zusammen und sah auf seine Fußspitze. Sofia bemühte sich, eine ruhige Stimme zu bewahren.

„Ich möchte, dass du mir diesen Grund nennst, und zwar sofort.“

Luigi wippte nervös von einem Fuß auf den anderen. Er fühlte sich ganz offensichtlich nicht wohl in seiner Haut. Sofia sah, dass er sich in einem Dilemma befand. Einerseits wollte er seiner Mutter nichts sagen, andererseits konnte er sie nicht belügen. Doch sie konnte ihn nicht schonen. Sie musste wissen, was ihn beschäftigte. Schließlich ging es hier zurzeit um ihr Leben und wenn irgendjemand mit Luigi gesprochen hatte, dann musste sie das wissen. „Also?“, forschte sie unerbittlich nach.

„Ich habe versprochen nichts zu sagen“, stammelte Luigi und wurde rot.

„Wem hast du das versprochen?“ Sofia runzelte misstrauisch die Stirn. „Toni!“, kam es widerstrebend von ihrem Sohn. „Toni? Was um alles in der Welt will Toni vor mir verheimlichen?“ Sofia machte einen Schritt auf Luigi zu. „Du erzählst mir jetzt sofort, was passiert ist!“ Luigi seufzte.

„Nach der Schule kam ein Typ auf Toni zu und beschimpfte ihn. Mafioso, nannte er ihn. Toni wollte zur Waffe greifen, doch er hielt sich im letzten Moment zurück." Sofia hielt den Atem an und lauschte mit weit aufgerissenen Augen den Erzählungen ihres Sohnes. Wieso erwähnte Toni nichts davon, wenn er angegriffen wurde? Er war schließlich zum Schutz der Kinder engagiert! Luigi rieb sich nervös die Hände. „Jedenfalls brüllte er Toni an: ‚Mörder!', sagte er. ‚Du hast meine Tochter auf dem Gewissen, du und dein Verbrecher von Chef.' Toni versuchte den Mann wegzuschicken, doch der ging nicht und faselte was von irgendeinem Stoff, den Toni seiner Tochter besorgt hätte." Sofia spürte, wie ihr der kalte Schweiß den Nacken runter lief. Drogen, dachte sie und starrte ihren Sohn entgeistert an. Dann schickte sie ihn kurzerhand auf sein Zimmer: Sie hatte genug gehört.

Als Massimo an diesem Abend nach Hause kam, lag Sofia noch wach. Immer wieder hatte sie sich die Schilderung von Luigi durch den Kopf gehen lassen, und immer wieder war sie zu dem gleichen Ergebnis gekommen: Wenn Toni etwas mit Drogen zu tun hatte, musste Massimo etwas davon wissen. Aber was wusste er? Was hatte er damit zu tun? Sofia erinnerte sich an Palermo. Dort hatten viele Leute ihr Geld mit Drogenhandel verdient, doch Salvatore Monetti und ihr Vater waren immer dagegen gewesen. Sie erinnerte sich an Gespräche, die sie im Hause des Don Monetti mitbekommen hatte, bei denen fremde Männer in dunklen Anzügen und teurem Schmuck ihnen lukrative Geschäfte versprachen, wenn sie den Schutz für den Drogenhandel übernahmen. Doch Salvatore Monetti und ihr Vater hatten immer abgelehnt. Einmal hatten sie sogar einer Nachbarin Geld gegeben, damit sie ihrem Sohn helfen konnte, von den Drogen wegzukommen. „Es ist ein Teufelszeug“, hatte Don Salvatore Monetti damals zu ihr gesagt. „Merke dir das: Es ist ein Teufelszeug.“

Plötzlich hörte Sofia den Wohnungsschlüssel im Schloss. Eilig setzte sie sich auf und knipste das Licht an. Als Massimo das Schlafzimmer betrat, blieb er erstaunt in der Türöffnung stehen.

„Sofia?! Du bist noch wach? Was ist los? Geht es dir nicht gut?“ Er kam näher und strich ihr sorgenvoll über die Stirn. Sofia nahm seine Hand und hielt sie fest.

„Setz dich einen Augenblick zu mir“, bat sie und machte Massimo Platz. Er setzte sich auf die Bettkante und schaute sie fragend an. Sofia überlegte einen Augenblick, wo sie anfangen sollte. Dann erzählte sie ihm, was Luigi ihr gebeichtet hatte. Ihre Stimme zitterte und sie ließ nichts aus. Als sie geendet hatte, nahm sie seine Hand. „Massimo“, sagte sie eindringlich. „Toni verkauft Drogen. Verstehst du? La Droga!“ Sie forschte in dem Gesicht ihres Mannes, um seine Reaktionen abzulesen. Was wusste er darüber?

„Toni verkauft keine Drogen an irgendwelchen Straßenecken ...“ Massimo stockte. Er suchte nach Worten, Worte die erklären konnten, dass sich die Geschäfte geändert hatten, dass alles anders war in Berlin. „Sofia! Nicht ganz Berlin besteht aus Italienern und das Schutzgeldgeschäft in dieser Stadt ist hart. Du weißt, dass wir hier noch Jahre brauchen werden, um im Baugeschäft mitreden zu können, was uns bleibt, sind noch die Clubs und einige andere kleinere Einnahmequellen ..." Wieder unterbrach er sich und schaute Sofia tief in die Augen. Sie schluckte. Das wusste sie doch alles! Sie wusste, dass es schwer war, in Berlin Fuß zu fassen, aber Massimo hatte doch den ganzen Schutzgeldbereich unter sich und diese verhassten Clubs mit diesen billigen Frauen. Sofia verzog angewidert das Gesicht.

„Sofia, was ich sagen will ist: Berlin ist nicht Palermo. Das Geschäft mit den Drogen bringt viel zu viel ein, als dass wir darauf verzichten können. Seit ich hier bin, habe ich systematisch die Konkurrenz ausgeschaltet. Systematisch."

Sofia starrte ihren Mann an. Sie hatte das Gefühl, er habe ihr einen Schlag in die Magengrube versetzt. Von Anfang an hatte er sich hier ein Drogengeschäft aufgebaut? Sie konnte immer noch nicht glauben, was sie da hörte. „Weiß dein Vater davon?", fragte sie tonlos.

„Nein! Aber er wird es wissen. Irgendwann wird auch Don Salvatore Monetti nicht länger seine Augen vor der Realität verschließen können." Massimo biss die Zähne zusammen, seine Wangenknochen traten hervor und sein Gesicht war kalkweiß. Sofia hatte ihn noch nie so erregt gesehen.

„Aber dein Vater hasst das Geschäft mit den Drogen aus tiefstem Herzen. Er hat immer gesagt, so einen Mord in

Raten an jungen Menschen wolle er nicht verantworten. Wie kannst du ihm das antun? Wie kannst du uns das antun?"

„Sofia", rief Massimo jetzt in strengerem Tonfall. „Mein Vater ist ein Träumer! Er ist aus einer anderen Zeit. Mit seiner Stellung in Palermo konnte er die Drogen raushalten, konnte sich selbst einreden, eine saubere Weste zu haben, doch hier draußen, außerhalb von Sizilien, da geht das nicht." Massimo ballte die Fäuste und seine Augen verengten sich zu schmalen Schlitzen. „Die Welt ist nicht gut, Sofia. Und sie wird nicht besser, wenn wir uns aus den Drogen raushalten. Das einzige, was wir davon hätten, wäre, dass unsere Organisation ganz schnell am Ende wäre." Er hielt inne und stand auf, um sich ein Glas Wasser zu holen. Sofia lehnte erschöpft ihren Kopf an die kalte Wand. Ihre Gesichtszüge verhärteten sich. In ihr stieg der alte Kampfgeist auf, der sie bisher durch alle schwierigen Situationen ihres Lebens gebracht hatte. Wenn sie ins Drogengeschäft einsteigen mussten, dann mussten sie das eben tun. Wenn Massimo es für richtig hielt, dann war es gut so.

„Massimo", flüsterte sie, nachdem er sich wieder zu ihr gesetzt hatte. „Werden wir deswegen bedroht? Ist es die Konkurrenz mit den Drogen? Wollen sie dich deswegen ausschalten?" Massimo hob seinen Kopf und strich ihr sanft über die Wange.

„Ja, Sofia, deswegen bekämpfen sie uns. Aber wir werden die Stärkeren sein." Er stand auf, um ins Badezimmer zu gehen. An der Türe drehte er sich noch einmal um. „Wir werden immer die Stärkeren sein!“

Zwei Tage nach diesem Gespräch mit Massimo kam Sofia wie gewöhnlich mittags in die Pizzeria. Als sie den Gastraum betrat, spürte sie sofort, dass irgendetwas anders war. Die Rolläden waren noch zugezogen und nur hinter der Theke brannte ein kleines Licht. Ein dumpfes Gefühl beschlich sie und sie machte vorsichtig ein paar Schritte in den Raum.

„Luciano!“, rief sie. „Wo sind Sie? Warum haben Sie die Fenster verdunkelt?“ Sie versuchte, ihre Augen an die Dunkelheit zu gewöhnen und plötzlich hörte sie aus einer Ecke ein leises Schluchzen. Sofia drehte sich um und verharrte einen Moment reglos in der Mitte des Raumes. „Luciano?“, wiederholte sie und lauschte angestrengt in die Dunkelheit. Ihr ganzer Körper war angespannt. „Sofia“, kam es plötzlich leise aus der Ecke. Es war die Stimme von Anna-Maria. Entschlossen ging Sofia auf die Theke zu und suchte den Lichtschalter. Sie drückte drauf und der Raum wurde in ein grelles Neonlicht getaucht. Es war die Beleuchtung, die sie normalerweise einschalteten, wenn am Abend alle Gäste gegangen waren und aufgeräumt werden musste. Sofia blinzelte in den hellen Lichtschein und entdeckte die Frau von Luciano Donabene. Sie kauerte an einem der Tische, den Kopf in die Hände gestützt.

„Anna-Maria! Was ist los?“ Sofia war mit wenigen Schritten bei ihr und legte den Arm um sie. „Sie haben Toni!“, schluchzte Anna-Maria und legte ihren Kopf an Sofias Schulter. „Sie haben ihn!“ Ihr Weinen wurde immer heftiger. Sofia erstarrte. Sie hatte das Gefühl, als würde ihr jemand die Kehle zuschnüren. Toni sollte auf ihre Kinder aufpassen, wo ... „Wo sind meine Kinder?“, stieß sie mit heiserer Stimme hervor. „Wo sind Luigi und Stefano?“

„Massimo und Luciano sind zur Schule. Sie holen sie und bringen sie hierher!“ Anna-Maria hob das verweinte Gesicht. Ihr Make-up war von den Tränen völlig zerlaufen und schwarze Wimperntusche bildete dünne Schlangenlinien auf ihrer Wange. Sofia nahm ein Taschentuch aus ihrer Handtasche und reichte es Anna-Maria. Dann stand sie auf und holte einen Cognac. Sie hasste es, wenn Frauen Alkohol tranken, und sie tat es nur in den seltensten Fällen, doch jetzt hatte sie das Gefühl, dass der Frau von Luciano ein Cognac helfen könnte.

„Trinken Sie“, befahl sie in energischem Tonfall. „Und dann erzählen Sie der Reihe nach, was passiert ist.“ Anna-Maria nahm das Glas dankbar entgegen und leerte es in einem Zug. Dann schnäuzte sie sich in ihr Taschentuch und strich sich die Haare aus dem Gesicht.

„Luciano rief mich vor einer halben Stunde an und sagte, ich solle sofort in die Pizzeria kommen. Er erklärte nichts, sagte einfach nur, ich solle keine Fragen stellen und herkommen. Das tat ich. Er kam auf mich zu, nahm mich in den Arm und erklärte, dass ich jetzt sehr stark sein müsse ...“ Wieder füllten sich ihre Augen mit Tränen. Sie holte tief Luft und fuhr fort: „Luciano erzählte, dass Ihre Gegner meinen Toni in ihrer Gewalt haben. Sie haben ihn auf offener Straße in ein Auto gezerrt und sind weggefahren. Eines von diesen Mädchen hat es gesehen. Jetzt vermutet Ihr Mann, dass man Toni aushorchen will, und dann …“ Anna-Maria wurde erneut von einem heftigen Schluchzen ergriffen. Sofia legte wieder ihren Arm um sie und versuchte beruhigend auf sie einzureden. Doch es fiel ihr schwer, die richtigen Worte zu finden, sie selbst spürte, dass die Angst ganz langsam von ihr Besitz ergriff. Massimo musste es diesen Bastarden zeigen, er musste zeigen, wer hier der Stärkere war, sonst würden sie alle ihres Lebens nicht mehr sicher sein in Berlin.

Wenig später kamen Massimo und Luciano. Stefano und Luigi waren bei ihnen. Sofia stand auf und eilte ihnen entgegen. Sie nahm ihre beiden Söhne in den Arm. „Miei ragazzi! Meine Jungs!“ Sie strich ihnen beiden über die Wange, doch Luigi wandte den Kopf ab. „Nicht, Mama!“ Er mochte es nicht, wenn seine Mutter ihn behandelte wie ein Baby. Doch Sofia war das heute egal. Sie war so froh, die beiden lebend an sich drücken zu können. Dann erhob sie sich und ging zu Massimo.

„Du musst ihn retten!“, flüsterte sie leise, aber entschieden. „Du musst diesem Krieg ein Ende bereiten!“ Massimo nickte. „Sag den Jungs, sie sollen an dem hinteren Tisch warten, am besten bringst du ihnen gleich eine heiße Schokolade. Das beruhigt!“ Sofia tat, was Massimo von ihr verlangte und setzte sich dann zu ihm und den anderen an den Ecktisch.

„Anna-Maria“, sagte Massimo, nachdem Sofia sich zu ihnen gesetzt hatte. „Sie gehen mit Sofia zu uns nach Hause. Ich habe zwei Männer bestellt, die auf Sie und die Kinder aufpassen werden, doch es ist einfacher, wenn alle zusammen sind.“ Er runzelte die Stirn und warf Luciano Donabene einen fragenden Blick zu. Der nickte unmerklich. Massimo räusperte sich. „Ich und Ihr Mann werden selbst losgehen und die Sache in Ordnung bringen.“

Sofia zuckte bei den Worten ihres Mannes zusammen. So hatte sie das nicht gemeint! Sie wollte, dass die Gegner ausgeschaltet würden, aber doch nicht von ... Massimo erledigte solche Dinge doch nie selbst. Er war ein Chef, ein capo, und er hatte die Pflicht, sein Leben zu schützen. Niemals durfte er sich die Hände schmutzig machen. Sie ergriff seine Hand, er drückte sie fest und wandte sich noch einmal an Anna-Maria. „Haben Sie verstanden, was ich Ihnen gesagt habe?“

Anna-Maria nickte benommen und lehnte sich erschöpft an ihren Mann. „Bringt ihn mir zurück“, flehte sie weinerlich. „Bitte, bringt mir meinen Sohn zurück.“ Massimo atmete tief durch und stand auf. Er zog Sofia in die Küche und legte ihr die Hände auf die Schultern.

„Es gibt etwas, das du nicht weißt, Sofia: Als ich hier ankam und die ersten Geschäfte aufgebaut habe, wurde ein Anschlag auf mein Leben verübt. Toni hat mich damals gerettet. Ich verdanke ihm mein Leben." Als er geendet hatte, schloss Sofia für einen Moment die Augen. Was in den letzten Tagen an Ereignissen und Informationen auf sie einprasselte, war zu viel. Sie durfte gar nicht daran denken, dass Massimo etwas hätte passieren können. Ein Anschlag auf sein Leben ... und sie war damals weit weg. Sie legte ihren Kopf an seine Brust. „Lass mich nie wieder von dir getrennt sein", flüsterte sie und lauschte dem Schlag seines Herzens. Sie wusste nun, dass Massimo gehen musste um Toni zu befreien. Es war eine Frage der Ehre, „mein Blut für dein Blut" hieß es immer. So verlangte es ihr Gesetz. Und obwohl sie eine unbändige Angst um ihren Mann hatte, durchströmte sie in diesem Moment ein tiefes Gefühl von Stolz. Es gab nur noch wenige Männer wie Massimo und Toni, wenige, die bereit waren, ihr Leben für das Leben des anderen zu geben.

Die folgenden Stunden waren die längsten ihres Lebens. Sofia hatte mit Mühe und Not ein schlichtes Nudelgericht gekocht und mit den Jungs und Anna-Maria schweigend gegessen. Anschließend bat sie Luigi und Stefano, auf ihre Zimmer zu gehen und die Hausaufgaben zu erledigen. Sie gehorchten ohne große Widerrede. Sie waren zwar noch zu jung, um das wahre Ausmaß der Vorgänge zu begreifen, doch sie wussten, dass Toni in Gefahr war und sie spürten die schwere Stimmung, die in der Luft lag. Außerdem waren zwei von Massimos Männer zu ihrem Schutz im Wohnzimmer postiert.

Nach dem Essen blieb Sofia alleine mit Anna-Maria in der Küche. Anfangs wussten sie nicht recht, was sie miteinander reden sollten, doch irgendwann fing Anna-Maria an, von Toni zu erzählen. Wie er als kleiner Junge gewesen war und was für ein guter Sohn er war. „Er kümmert sich immer um seine Eltern und hat mir nie wirklichen Kummer gemacht", schniefte sie. „Immer hat er seine Jobs anständig erledigt, Massimo konnte ihm vertrauen ..."

„... reden Sie nicht, als sei er tot", unterbrach Sofia die weinende Anna-Maria in knappen Tonfall. Der Schmerz dieser Frau berührte sie. Auch wenn sie Anna-Maria immer noch nicht mochte, so fühlte sie sich verbunden mit ihr, denn die Angst und die Sorge einer Mutter konnte sie verstehen.

Sie sprachen noch viele Stunden und erzählten von ihren Söhnen. Alle möglichen Situationen fielen ihnen ein und manchmal mussten sie sogar lächeln, wenn sie an etwas besonders Lustiges oder Rührendes dachten. Doch zwischendurch wurde das Gespräch immer wieder von dem verzweifelten Schluchzen Anna-Marias unterbrochen.

Luigi und Stefano machten es sich schon am frühen Abend vor dem Fernseher gemütlich. Sofia hatte ausnahmsweise nichts dagegen. Hauptsache, sie bestürmten sie nicht mit dem Wunsch, das Haus zu verlassen. Gegen zehn schickte sie die beiden jedoch ins Bett und brachte den beiden Männern, die zu ihrem Schutz abgestellt waren, noch eine kleine Stärkung ins Wohnzimmer. Als sie in die Küche zurückkam, war Anna-Maria am Tisch eingeschlafen. Sofia löschte die Lampe, damit sie nicht geweckt wurde. Es war sicher das beste für sie, wenn sie schlief. So musste sie nicht die ganze Zeit darüber nachdenken, was mit ihrem Toni war. Dann holte sie sich einen Stuhl ans Fenster und schaute in den dunklen Hinterhof. Sie faltete die Hände und fing leise an zu beten. Für ihren Mann und für Toni. Es durfte einfach nichts passieren.

Es war weit nach Mitternacht, als Sofia hörte, wie sich der Schlüssel im Schloss drehte. Mit einem Sprung war sie von ihrem Stuhl aufgesprungen und hastete in den Flur. Massimo betrat als erster die Wohnung. Sofia fühlte, wie sich eine unendliche Erleichterung in ihr breit machte. Er lebte, Massimo war nichts passiert. Er stützte Toni und schleppte ihn in kleinen Schritten den Flur entlang. Sofia eilte ihm schweigend entgegen und erblickte Luciano Donabene, der die Wohnungstüre schloss und hinter den beiden her kam. Ohne ein Wort zu verlieren, nahm Sofia Tonis anderen Arm und half, ihn ins Wohnzimmer zu bringen.

„Bist du in Ordnung?“, fragte sie ihren Mann leise, nachdem sie Toni auf das Sofa gebettet hatten. Er sah müde aus und erschöpft. Massimo nickte und deutete auf Toni. „Aber ihn hat es ganz schön erwischt.“ Sofia nickte. Sie brauchte nicht mehr zu wissen. Sie war eine praktische Frau. In schwierigen Situationen gelang es ihr, einen kühlen Kopf zu bewahren. „Ich rufe den dottore!“, sagte sie, ohne Zeit zu verlieren. Mit schnellen Schritten ging sie zum Telefon. Natürlich würde sie keinen gewöhnlichen Arzt anrufen. Massimo hatte in seiner Organisation einen dottore, der in solchen Fällen immer zur Stelle war. Er erklärte sich bereit, sofort zu kommen. Nachdem das erledigt war, goss sie ihrem Mann und Luciano Donabene einen Cognac ein.

„Wo ist meine Frau?", fragte Luciano leise. Ihm war die Erschöpfung anzusehen. Sein Gesicht sah älter aus als sonst, die Haare wirkten grauer, weniger glänzend. Sofia tätschelte seinen Arm und drückte ihm das Glas in die Hand.

„Trinken Sie, ich hole Anna-Maria!" Sie lief in die Küche und weckte Tonis Mutter. „Sie sind da, alle sind da, und Toni ist bei ihnen!" Anna -Maria wollte aufspringen, doch Sofia drückte sie für einen Moment in ihren Stuhl zurück. „Toni ist verletzt, aber sie haben ihn gerettet. Sie müssen jetzt stark sein." Anna- Maria blickte sie mit weit aufgerissenen Augen an, dann lief sie zu ihrem Sohn.

Sofia ging leise zu den Schlafzimmern ihrer Söhne und öffnete nacheinander beide Türen. Sowohl Luigi als auch Stefano schliefen tief und fest, sie hatten von dem Tumult nichts mitbekommen. Erleichtert machte sich Sofia wieder auf den Weg ins Wohnzimmer, doch bevor sie eintrat, zog sie das silberne Kreuz, das immer an einer Kette um ihren Hals hing, hervor, und küsste es. Sie dankte Gott, dass er ihr Massimo wiedergebracht hatte.

Am nächsten Morgen fühlte Sofia sich so müde wie schon lange nicht mehr. Es war eine lange Nacht gewesen. Bis der

Arzt kam und Toni untersucht hatte, war es drei Uhr geworden. Gott sei Dank waren die Verletzungen nicht weiter schlimm. Er brauchte lediglich Ruhe und er bekam ein paar schmerzstillende Medikamente. Er verbrachte die Nacht bei Sofia und Massimo auf dem Wohnzimmersofa, während Sofia seinen Eltern das Gästezimmer bereitgemacht hatte. Sie schliefen noch und Sofia unternahm keinen Versuch sie zu wecken. Sie hatten einiges durchgemacht und Schlaf war eine gute Medizin.

Sie bat einen von Massimos Männern, die immer noch bei Toni weilten, ihre Söhne zur Schule zu bringen. Sie wusste nicht, ob noch Gefahr drohte oder nicht. Und man konnte niemals vorsichtig genug sein. Als sie aus dem Haus waren, setzte sie sich erschöpft an den Küchentisch und nahm sich die Zeitung. Sofort schlug ihr die Schlagzeile entgegen: „Abrechnung unter Verbrechern. 4 Tote!" Sofia setzte sich und überflog den Artikel. Es stand nicht viel drin. Nur, dass einige Männer sich gestern Abend in einem alten Lagerhaus in Berlin- Wedding eine Schießerei geliefert hatten, bei der vier Männer durch mehrere Kugelschüsse getötet worden waren. Als Massimo aus dem Badezimmer kam, legte sie ihm schweigend die Zeitung neben seine Kaffeetasse. Genau wie Sofia überflog er den Artikel.

„Möchtest du mir etwas erzählen?", fragte Sofia und bemühte sich, ihrer Stimme einen lockeren Ton zu geben. „Nein. Ich denke nicht, dass ich dir etwas erzählen möchte!" Massimo schaute sie kurz an und konzentrierte sich dann auf sein Frühstück. Sofia wusste, dass damit das Kapitel erledigt war. Massimo hatte seine Schuld eingelöst und sie würden nie wieder über dieses Thema sprechen.

9

Fünf Jahre waren seit dieser Geschichte vergangen und der achtzehnte Geburtstag von Luigi stand bevor. Sofia wollte ihren Sohn mit einem Fest überraschen und war damit beschäftigt, die Pizzeria zu schmücken. Gerade hängte sie die letzte Girlande unter der Decke auf und stieg von der Leiter. Zufrieden betrachtete sie ihr Werk. Das wäre geschafft! Der Gastraum sah richtig festlich aus: Überall hingen Girlanden, die Tische waren zu einer großen Tafel zusammengeschoben, Teller mit selbst gemachten Pralinen und Plätzchen luden zum Naschen ein und es duftete bereits nach dem köstlichen Kaninchen, das sie in der Küche vorbereitet hatte. Sofia nahm ein paar Kerzen aus einer Schublade und verteilte sie im Raum. Luigi würde Augen machen, freute sie sich. Er ahnte nichts von dem Fest, zu dem sie die engsten Freunde und Verwandten der Familie eingeladen hatte. Gedankenverloren wischte Sofia sich die Hände an der Schürze ab und setzte sich für einen Augenblick. Wie die Zeit verging. Eben noch waren Luigi und Stefano kleine Jungs gewesen und jetzt schon fast erwachsen. Auch Stefano war schon 16 und beendete gerade die Schule. Luigi arbeitete bereits seit zwei Jahren. Massimo hatte dafür gesorgt, dass Luigi nach der Schule zu Don Marco Decampo in die Lehre ging. Er war einer der engsten Vertrauten von Massimo und führte zur Tarnung seiner illegalen Geschäfte einen Weinladen. Hier machte Luigi offiziell eine Ausbildung als Weinhändler, in Wirklichkeit lernte er alles über den Aufbau der Schutzgeldorganisation. Er wurde in die Geheimnisse der Geschäftspraktiken eingeweiht und bekam Einblick in die Welt der Schwarzgelder und illegalen Transaktionen. Er machte sich gut im Geschäft und Sofia war sehr stolz auf ihn. Mit ihren Söhnen hatte sie wirklich Glück gehabt, fand sie.

„Sind wir zu spät?", unterbrach die Stimme von Massimo ihre Gedanken. Gemeinsam mit Stefano kam er in den Gastraum geeilt. Sofia verneinte und schaute Massimo verwundert dabei zu, wie er ein Päckchen mit einer riesigen Schleife in der Mitte des gedeckten Tisches abstellte. Sie hatten doch schon besprochen, was Luigi bekommen sollte. Massimo wollte ihm seinen Führerschein bezahlen. Das war schließlich Luigis größter Wunsch. Sie wollte ihren Mann gerade darauf ansprechen, da wurde sie von einem neuen Gast unterbrochen.

„Hallo zusammen! Ist das Geburtstagskind schon da?", rief Toni von der Tür her und kam näher. Seit dieser schrecklichen Nacht vor fünf Jahren war er für die Familie mehr als nur ein Leibwächter, er war zu einem engen Freund geworden. Im letzten Jahr hatte er geheiratet und mit seiner Frau kam er häufig zu den Monettis zum Essen. Besonders Luigi und Toni verstanden sich gut miteinander. Sie führten häufig angeregte Gespräche und trafen sich auch schon mal ohne die anderen. Sofia beobachtete diese Freundschaft mit gemischten Gefühlen. Nicht nur, weil Toni fast 10 Jahre älter war als Luigi, sondern vor allen Dingen, weil sie fürchtete, dass er einen schlechten Einfluss auf ihren Sohn haben könnte. Er war immerhin ein Schläger und hatte schon den ein oder anderen Menschen auf dem Gewissen. Luigi dagegen sollte lernen zu befehlen und Dinge zu organisieren. Für die Ausführung würde er immer seine Leute haben.

„So, und nun ratet mal, was in diesem Päckchen ist?“, tönte Massimos Stimme in diesem Moment durch den Raum. Er stand am Kopfende des Tisches und rieb sich genüsslich die Hände. Sofia schüttelte unmerklich den Kopf. Männer waren wie kleine Kinder, dachte sie. Überraschungen, Geschenke, all das konnte sie in echte Aufregung versetzen. Jetzt schaute Massimo abwartend in die Runde und sagte dann: „Ein Modellauto als Symbol für den Wagen, den Luigi fahren wird, sobald er seinen Führerschein gemacht hat!“ Sofia zog eine Augenbraue hoch. Ein Auto? Massimo war wirklich großzügig in letzter Zeit, aber warum auch nicht? Schließlich sollte es Luigi und Stefano an nichts fehlen, das hatten sie sich schon vor langer Zeit geschworen. Massimo verneigte sich lachend und zeigte auf das eingepackte Geschenk. „Ich werde meinem Sohn die Stunden bezahlen, fahren lernen muss er dann selbst.“

„Er wird der beste Fahrer werden, den Berlin je gesehen hat“, amüsierte sich Toni. „Wissen Sie denn schon, was für ein Auto er bekommen soll?“

„Nein, die Wahl überlasse ich Luigi“, entgegnete Massimo. „Er weiß am besten, was zu ihm passt. Natürlich würde ich gerne einen italienischen Wagen kaufen, einen Fiat, aber andererseits sind die deutschen Autos sehr gut.“ Massimo zupfte noch einmal die Schleife an dem Geschenk zurecht und wandte sich dann an Sofia. „Kannst du dir das vorstellen, Sofia? 18 Jahre! Luigi wird 18 Jahre alt. Ein richtiger Mann!“ Sein Gesicht war ernst und in seinen Augen spiegelte sich die Zufriedenheit des Vaters.

„Er ist erwachsen“, bestätigte Sofia verwundert. So wie heute war Massimo selten. Er wirkte richtig zufrieden und glücklich. Er ist genauso stolz auf seinen Sohn wie ich, dachte Sofia und lächelte ihrem Mann zu. Plötzlich fiel ihr Blick auf die Uhr. Schon ein Uhr, fuhr es ihr durch den Kopf. Luigi würde jeden Moment hier sein. Schnell zog sie die Schürze aus und legte sie über einen Stuhl. Dann eilte sie in den Gastraum.

„Avanti, avanti, macht das Licht aus“, rief sie und setzte sich an ein Ende des Tisches. Massimo stellte sich hinter sie und legte seine Hände auf ihre Schultern. „Komm her, Stefano“, forderte er seinen jüngsten Sohn auf. Stefano gehorchte und setzte sich neben Sofia. Sie lächelte zufrieden. Ihre Söhne gaben ihr wirklich keinen Grund zur Klage. Kleinigkeiten, sicher, aber sie waren doch so, wie sich eine

Mutter ihre Kinder wünschte: Gut aussehend, erfolgreich und gehorsam. Sicher, sie hatten auch ihren eigenen Kopf, aber das gehörte bei einem Mann dazu, fand Sofia und lächelte vor sich hin. Sie war noch ganz in ihren Gedanken versunken, als sie hörte, wie sich die Türe öffnete. Im selben Moment, in dem Luigi den Gastraum betrat, riefen sie alle gleichzeitig: „Herzlichen Glückwunsch zum Geburtstag, Luigi". Stefano stürmte als erster los.

„Da staunste, ne? Hast wohl gedacht, wir vergessen deinen Ehrentag? Aber nichts da! Ein richtiges Fest haben wir arrangiert, una festa für Luigi!" Stefano küsste seinen Bruder auf beide Wangen. Dann war Massimo an der Reihe. Mit langsamen Schritten ging er auf Luigi zu und gratulierte ihm. Sofia beobachtete Luigi dabei, wie er die Glückwünsche entgegennahm. Sie atmete tief durch. Er hatte ihr vor wenigen Sekunden einen ganz schönen Schrecken eingejagt. Denn als Luigi hereingekommen war, stand er so gut sichtbar in dem Lichteinfall der Straße, dass Sofia sehen konnte, wie er sich mit der Hand ganz kurz an die rechte Brusttasche gefasst hatte. Es war nur ein Bruchteil einer Sekunde, dann hatte er die Situation erfasst und gewusst, dass keine Gefahr drohte. Doch Sofia kannte diese Bewegung! Sie hatte sie schon oft gesehen, bei Toni und früher bei den Leibwächtern von Salvatore Monetti. Sie schluckte. Hatte Luigi eine Waffe? Ohne, dass sie davon wusste? Aber dafür war doch Toni zuständig?

„Mama", hörte sie in dem Moment die Stimme von Luigi.

„Danke, Mama! Ich weiß, dass du hinter dem Ganzen steckst. Es ist wirklich toll!“ Sofia machte eine abwehrende Handbewegung. „Das ist das Mindeste, was ich für dich tun kann, mein Sohn.“ Sie stand auf und ging Luigi entgegen. Sie umarmten sich. Sofia nahm seinen Kopf in ihre Hände und sah ihm tief in die Augen. „Ragazzo! Du bist ein guter Junge, der seiner Mutter nie Ärger gemacht hat …“ Sie holte tief Luft. „Lass es dabei! Ich will, dass alles so bleibt!“ Luigi zog verwundert die Augenbrauen hoch. „Sicher, Mama! Warum sollte nicht alles so bleiben?“ Er zwinkerte ihr fröhlich zu.

„Dann ist es gut, Luigi!“ Sie strich ihrem Sohn kurz über die Wange und verschwand dann in die Küche. Mehr konnte sie nicht tun. Mehr würde sie nicht sagen. Luigi war wie Massimo in dieser Hinsicht: Man durfte nicht zu viel Druck ausüben, dann verschloss er sich wie eine Auster. Doch sie nahm sich fest vor, die Dinge im Auge zu behalten.

Im Laufe des Nachmittags trafen nach und nach die Gäste ein, um mit Luigi seinen Geburtstag zu feiern. Es wurde gegessen und getrunken, und alle schienen sich zu amüsieren. Sofia war zufrieden mit sich. Sie saß neben Don Marco Decampo, Luigis Chef, und lauschte den Gesprächen um sie herum.

„Donna Sofia“, sprach der Don sie nach einer Weile an. „Ihre Kochkünste haben uns wie immer verzaubert!“ Er erhob sein Glas. „Auf eine wunderbare Mutter und auf Ihren Sohn Luigi. Sie können wirklich stolz auf ihn sein.“

„Das bin ich, Don Marco“, entgegnete Sofia nachdrücklich. „Er ist wirklich ein guter Junge. Wie macht er sich bei Ihnen im Geschäft?“ Don Marco wandte seinen Blick lächelnd zu Luigi. „Er macht sich gut, sehr gut sogar. Er begreift alles sehr schnell und ist vielseitig begabt, und, wie Sie wissen, ist das in unserem Geschäft besonders wichtig.“ Er lächelte zweideutig. Sofia wusste, worauf Don Marco anspielte. Schließlich war der Weinladen ähnlich wie ihre Pizzeria nur eine Tarnung für seine sonstigen Tätigkeiten. Sie suchte ihren Sohn mit den Augen. Er saß am Ende des Tisches und schien sich angeregt mit einer jungen Frau zu unterhalten. Über Sofias Gesicht huschte ein Lächeln. Das Mädchen war Rosa Decampo, die Tochter von Don Marco. Auch er schaute in diesem Moment zu den beiden hin.

„Ein nettes Paar …“, murmelte er und wandte seinen Blick wieder zu Sofia. „Mir ist schon im Weinladen aufgefallen, dass die beiden gerne miteinander reden …“ Sofia horchte auf. Sie hatte Luigi öfter mit dem ein oder anderen Mädchen aus seiner ehemaligen Schule gesehen. Es waren Flirts, wie er sie nannte. Nie brachte er eine mit nach Hause. „Es sind keine Frauen, die ich in unser Heim bringen möchte“, hatte er ihr kurz angebunden erklärt. „Es sind einfach nur Mädchen“. Sofia hatte verstanden. Ihre Söhne mussten sich die Hörner abstoßen, das stand außer Frage. Doch Luigi wurde heute 18 und er konnte seine Zeit nicht ewig mit irgendwelchen „Mädchen“ verbringen.

Don Marco hatte Sofias nachdenkliches Gesicht aufmerksam beobachtet und richtig getippt, dass ihr der Gedanke an eine Verbindung zwischen Rosa und Luigi ganz gut gefiel.

„Rosa hilft mir manchmal beim Verkauf, wissen Sie", erklärte Don Marco die Anwesenheit seiner Tochter im Laden. „Natürlich immer erst am Nachmittag, wenn sie mit ihren Arbeiten im Haushalt fertig ist."

„Sie ist ihre einzige Tochter, nicht wahr?" Sofia betrachtete Rosa aufmerksam. Sie war ein hübsches Mädchen. Schlank, mit dunklen Haaren, die ihr in dichten Locken auf die Schultern fielen.

„Ja, ich habe noch drei Jungs, wie Sie wissen. Ist nicht immer leicht für Rosa, aber was soll ich sagen: Sie hat gelernt für vier Männer zu sorgen." Don Marco lachte ein raues Lachen, dann winkte er seine Tochter herbei. Donna Sofia sollte sich selbst einen Eindruck verschaffen. Er selbst wäre überglücklich, wenn seine Tochter die Frau eines Monetti werden würde.

„Rosa, hast du Donna Sofia schon begrüßt?" Rosa nickte lächelnd. „Wir haben uns nur kurz gesehen, da Sie in der Küche zu tun hatten." Rosa reichte Sofia die Hand und schaute sie mit einem offenen Blick an. „Ihr Essen war übrigens wirklich lecker. Wie sie diese Thunfischpaste hinbekommen …" Rosa verdrehte schwärmerisch die Augen. Sofia lächelte zurückhaltend. Sie wahrte ihre Distanz, immer. Doch das Mädchen war ihr sympathisch. Sie war noch jung und schien von einer etwas naiven Offenheit zu sein. Nur als die

Rede auf Luigi kam, errötete sie leicht und schlug verschämt die Augen nieder. Nachdem sie eine kurze Weile gesprochen hatten, entließ Sofia das Mädchen wieder. Gedankenverloren schaute sie ihr hinterher. Sie war hübsch und gut erzogen ... Sofia wandte sich entschlossen an Don Marco.

„Halten Sie mich auf dem Laufenden? Von mir aus müssen Sie nichts unternehmen um die gelegentlichen Treffen unserer Kinder in Ihrem Weinladen zu unterbinden!" Sofia gab ihrer Stimme einen schmeichelnden Tonfall und mit einem charmanten Augenaufschlag zeigte sie auf Rosa. „Ein nettes Mädchen!"

Don Marco verbeugte sich galant. „Es ehrt mich, dass sie Ihnen gefällt, Donna Sofia! Und was die Treffen der beiden angeht: Ich werde alles tun, damit sie sich so oft wie möglich sehen." Er gab ihr einen kurzen Handkuss. Sofia lächelte huldvoll und ging zufrieden in die Küche, um das Dessert vorzubereiten. Eine Verbindung zwischen Rosa und Luigi, überlegte sie. Das wäre wirklich nicht das Schlechteste. Es war schließlich gar nicht so leicht, ein frommes, italienisches Mädchen zu finden ... Sie musste so schnell wie möglich mit Massimo darüber sprechen.

„Mama! Ich habe heute keinen großen Hunger!" Luigi stocherte mit seiner Gabel ziemlich lustlos in der Pasta herum. Seit seinem Geburtstagsfest war er schweigsamer als sonst. Sofia hatte bisher nicht weiter in ihn dringen wollen. Sie hoffte, dass es mit Rosa zusammenhing. Doch jetzt betrachtete sie ihn aufmerksam. Seine Stimme hatte so ernst geklungen, eigentlich nicht nach einem verliebten jungen Mann …

„Kein Problem. Ich kriege dein Fleisch schon auf“, neckte Stefano seinen Bruder und aß den letzten Rest Nudeln von seinem Teller. Sofia schob ihm gedankenverloren den Salat zu. Stefano war wirklich das genaue Gegenteil von dem ernsten Luigi. Er hatte immer einen Spruch auf den Lippen und brachte die Leute zum Lachen. Jeder war gerne in seiner Gesellschaft, und mit seinen dichten braunen Haaren und den dunklen Augen verdrehte er vor allen Dingen den Mädchen den Kopf. Immer erzählte er etwas von irgendwelchen Susannes, Brigittes oder Julias. Sofia amüsierte sich darüber. Solange er nicht ernsthaft etwas mit einem dieser Mädchen anfangen würde, sollte es ihr recht sein. Er musste sich ja austoben. Aber als spätere Ehefrau taugte keine von ihnen. Viele von den jungen Berliner Mädchen liefen mit merkwürdigen modernen Einstellungen herum. Andauernd hörte man davon, dass Frauen arbeiten wollten, wie ihre Männer. Sie fühlten sich ungerecht behandelt und wollten nicht mehr nur für die Kinder und die Küche zuständig sein. Gewäsch, fand Sofia. Sie hatte nichts übrig für dieses Gerede. Solche Frauen konnten ihre Söhne natürlich nicht gebrauchen. Schließlich waren sie es gewohnt, dass jemand für sie kochte und das Haus in Ordnung hielt. Sofia hatte das immer alles für sie getan.

Sie spähte zu Luigi. Rosa würde wirklich gut zu ihm passen. Sie verkörperte alles, was man von einer guten Ehefrau erwarten konnte, und sie würde Luigis Geschäfte stillschweigend akzeptieren. Das war ein Vorzug, der nicht zu unterschätzen war. Sie hatte schon von Leuten in der Organisation gehört, die Frauen mit solchen modernen Einstellungen geheiratet hatten, und immer war irgendetwas schief gegangen.

„Ich komme übrigens heute nicht zum Abendessen“, erklärte Luigi in dem Moment und unterbrach Sofias Gedanken.

„Was hast du denn so Wichtiges vor, dass du uns versetzt?“, horchte Sofia nach und bemühte sich, ihrer Stimme einen scherzenden Tonfall zu geben. „Ein heimliches Rendezvous?“

„Ich muss mit Toni noch ein paar Dinge erledigen“, erwiderte er und fügte geheimnisvoll hinzu. „Geschäfte!“ Sofia zuckte zusammen. Damit hatte sie nicht gerechnet. Wieso hatte Luigi mit Toni Geschäfte zu erledigen? Er arbeitete doch für Don Marco? Massimo hatte nichts davon erwähnt ... Sie stand auf und holte sich ein Glas Wasser. Immer, wenn sie nicht wollte, dass man ihr eine gewisse Nachdenklichkeit anmerkte, stand sie auf und rührte in Töpfen oder säuberte die Spüle. Im Stehen denkt es sich besser, hatte ihre Mutter gesagt, und Sofia fand, dass da etwas Wahres dran war.

„Kann ich dann schon mal gehen? Ich möchte noch ein paar Freunde treffen.“ Stefano schob den Stuhl zurück und drückte seiner Mutter einen Kuss auf die Wange. Er hatte keine Lust, in eine Diskussion zwischen ihr und Luigi hineingezogen zu werden. Seine Mutter konnte ziemlich streng sein, und besser er ging seiner Wege, bevor sie auf die Idee kam, ihn auch noch auszuhorchen.

„Ja, ja, geh nur", erklärte Sofia abwesend. Sie setzte sich wieder an den Küchentisch und räusperte sich. „Luigi, ich möchte, dass du mir sagst, was das für Geschäfte sind", sagte sie in strengem Tonfall.

„Ist eine Schutzgeldgeschichte, Mama", druckste er. Sie spürte, dass er nichts sagen wollte, doch ihrem Blick konnte er nur in den seltensten Fällen standhalten. Er trommelte unruhig mit den Fingern auf der Tischplatte und sagte schließlich in beruhigendem Tonfall: „Mehr brauchst du nicht zu wissen." Sofia schaute ihm hinterher, wie er zur Küchentür raus ging. „Pass auf dich auf", rief sie ihm leise hinterher. Dann räumte sie den Tisch ab. Sie musste Massimo fragen, was das für eine Geschichte war. Toni würde nie etwas ohne sein Wissen erledigen, aber wie um alles in der Welt passte Luigi da hinein?

Nachdem sie gespült und aufgeräumt hatte, zog Sofia sich ein schlichtes, aber schickes Kleid an und eilte in die Pizzeria. Sie musste wissen, ob Massimo etwas über Luigis Geschäfte mit Toni wusste. Ihr gefiel es immer noch nicht, dass die beiden etwas miteinander zu tun hatten. Sie mochte Toni zwar, er war immer freundlich und sehr gewitzt, aber er gehörte nun mal zu einer anderen Klasse und musste oft genug Aufträge für sie ausführen, mit denen sich ihre Familie niemals die Hände schmutzig machen würde.

Normalerweise war Massimo Freitag nachmittags in der Pizzeria anzutreffen. Er liebte es, ein paar Stunden alleine für sich zu sitzen und geschäftliche Dinge zu regeln. Als sie den Gastraum betrat, huschte ein Schmunzeln über ihr Gesicht: Wie sie vermutet hatte, saß er dort, rauchte eine seiner Lieblingszigarren und trank einen Espresso. Als Sofia sich seinem Tisch näherte, spiegelte sich in seinem Gesicht Erstaunen und Freude.

„Gerade habe ich an dich gedacht", bekannte er und erhob sich, um ihr einen Kuss zu geben. „Don Marco und seine Frau laden uns am Wochenende zu einem Essen im Familienkreis ein."

„Das ist gut, dann kannst du dir direkt einen eigenen Eindruck machen ..."

„Einen Eindruck? Wovon?" Massimo winkte den Kellner heran und bestellte einen Espresso für Sofia. Er lehnte sich zurück und betrachtete seine Frau mit zusammengekniffenen Augen. „Wovon redest du Sofia, du hast dir doch irgendetwas ausgedacht, irgendeinen Plan." Sofia nickte. Sie wollte Massimo schon lange von einer möglichen Verbindung zwischen Luigi und Rosa erzählen. Vielleicht war es auch ganz gut, zunächst einmal mit dieser guten Geschichte zu beginnen. In knappen Worten erzählte sie ihm von Rosa und Luigi.

„Alles sieht danach aus, als ob die beiden sich sympathisch

wären und ich denke, wir sollten die Verbindung vorantreiben. Luigi braucht eine gute italienische Frau, eine, die ihm den Haushalt führt und zu ihm hält. Rosa hat all diese Vorzüge.“ Massimo hatte seiner Frau die ganze Zeit schweigend zugehört. Er zog kräftig an seiner Zigarre und sagte dem Kellner, dass er ihm einen Cognac bringen solle.

„Va bene“, meinte er schließlich zögernd. „Lass uns am Samstag zu dem kleinen Fest gehen, dann schaue ich mir deine Rosa einmal an.“ Sofia lächelte zufrieden. Sie war sicher, dass die Geschichte mit Rosa keine Probleme bringen würde. Doch jetzt kam der schwierigere Teil: Was hatte es mit Luigi und Toni auf sich? Sofia betrachtete ihren Mann nachdenklich. Sie überlegte gerade, wie sie am geschicktesten anfangen könnte, da erhob sich Massimo mit einem Ruck und blickte mit weit aufgerissenen Augen zur Türe. Sofia folgte seinem Blick. Toni und Luigi kamen in das Restaurant. Sie sahen aufgewühlt aus, dreckig und sehr blass. Sofia stockte für eine winzige Sekunde der Atem, dann reagierte sie. Die wenigen Gäste in dem Lokal durften nicht die kleinste Aufregung bemerken. Mit einer kurzen Bewegung schob sie ihren Stuhl zurück und ging den beiden mit einem Lächeln entgegen.

„Ragazzi! Schön, dass ihr kommen konntet!“ Sie küsste Toni und Luigi auf die Wange und führte sie zu ihrem Tisch. Dann ging sie zur Theke und holte Kaffee und zwei Schnaps. Als sie wieder an den Tisch zurückkam, zischte Massimo leise:

„Ich hatte gesagt, keine Toten mehr! Capici? In letzter Zeit gab es zu viele sogenannte ‚Unfälle' und die Polizei ist nervös, weil sie keine Ergebnisse vorweisen kann." Sofia hielt inne und, obwohl sie wusste, dass sie an ihrem kleinen Ecktisch relativ ungestört waren, schaute sie sich bei Massimos Worten vorsichtig im Lokal um. Solche Gespräche waren nun wirklich nichts für die Allgemeinheit. Doch nur in der Ecke am anderen Ende saß noch ein Liebespaar, und auch sie bekamen gerade die Rechnung. Nachdem sie gegangen waren, stand Sofia auf und ging zur Tür, um abzuschließen.

„Wir hatten keine andere Wahl, Massimo. Entweder er oder wir", raunte Toni entschuldigend, als sie zurückkam und zeigte mit dem Kopf auf Luigi. „Er hatte ein Messer an der Kehle deines Sohnes." Massimo schlug mit der flachen Hand auf den Tisch. „Du solltest auf Luigi aufpassen!" „Papa", mischte sich Luigi ein. „Niemand kann etwas dafür. Im Gegenteil, wenn Toni nicht aus seinem Versteck gekommen wäre, hätte ich mich nicht befreien und schießen können. Er hat sie abgelenkt und damit sein Leben riskiert!" Er hatte die Faust geballt und bemühte sich leise zu sprechen. Sofia hatte mit wachsendem Entsetzen zugehört, was Luigi erzählte. Jetzt starrte sie ihn ungläubig an. Luigi hatte einen Menschen erschossen? Sie bemühte sich, Haltung zu bewahren und keine Miene zu verziehen, doch innerlich wurde ihr eisig kalt.

„Du hast…?" Sie wagte nicht es auszusprechen. Sie warf

Massimo einen sorgenvollen Blick zu. Er runzelte ärgerlich die Stirn. Und dachte einen Augenblick nach. Keiner von ihnen sagte ein Wort, die Luft war angefüllt mit Furcht und Anspannung. Alle warteten darauf, was Massimo entscheiden würde. Endlich stand er auf und bereitete der unangenehmen Stille ein Ende.

„Du kommst jetzt sofort mit in den Club", erklärte er in Tonis Richtung. „Diese unangenehme Sache muss aus der Welt geschaffen werden. Wir werden einige Männer losschicken." Sofia nickte verständnisvoll und erleichtert. Massimo und Toni würden die Angelegenheit klären. Luigi blieb hier. Sie setzte sich zu ihm. Eine lange Zeit schwiegen sie beide und jeder hing seinen Gedanken nach.

„Luigi, ich mache dir keinen Vorwurf", begann Sofia nach einer Weile vorsichtig. „Du hast dich gewehrt, du musstest ihn töten." Sie machte eine Pause und suchte nach den richtigen Worten. „Aber ich denke, du musst in Zukunft eines verstehen: Wir, die Monettis, wir machen uns nicht selbst die Hände schmutzig." „Mama! Es ging um mein Leben!", wehrte sich Luigi entnervt.

„Ich weiß, und du hast richtig gehandelt. Doch was ich dir erklären möchte ist, dass du dich gar nicht erst in eine Lage bringen solltest, in der geschossen werden könnte ..."

„Aber wir waren ...", wollte Luigi seine Mutter unterbrechen, doch Sofia bat ihn zu schweigen.

„Ich weiß nicht, was in dem Laden passiert ist, und ich will es auch nicht wissen. Doch eines musst du verstehen: Wenn man ganz oben ist, dann lässt man andere für sich schießen und ist bei den gefährlichen Aktionen nicht mehr dabei."

„Mama, ich weiß das ja alles. Ich will mich ja auch wie Papa verhalten, wie ein capo", stieß er ungeduldig hervor. „Doch verstehe eins: Wir sind hier nicht auf Sizilien. Hier können wir uns nicht auf unsere Liegestühle unter Mandelbäumen zurückziehen und Befehle erteilen, hier ist das Leben härter!"

„Dein Vater kann es auch", gab Sofia unerbittlich zurück und stand auf. Luigi nickte resigniert. Warum sollte er seiner Mutter erklären, was hier los war? Sie hielt an den alten Gesetzen der Mafia fest, da führte kein Weg dran vorbei. „Ich gehe jetzt in die Kirche. Meine Schuld büßen und ein Gebet für den Toten sprechen." Sofia umarmte Luigi. Es war gut, dass er beten ging. Das half und würde ihm neue Kraft geben. Erst als Luigi fort war, ließ sie sich erschöpft auf einen der Baststühle sinken. Auch wenn sie ihrem Sohn insgeheim Recht gab in dem, was er über Palermo und Berlin sagte, musste sie dafür sorgen, dass er sich nie wieder persönlich in eine solche Situation brachte. Massimo musste ihm eine Stellung geben, in der er mehr Verantwortung übernahm. Es war an der Zeit dafür! Und schließlich hatte er nicht umsonst bei Don Marco gelernt, hinter die Kulissen zu schauen und die Fäden zu ziehen. Und dann musste diese Hochzeit arrangiert werden. Als Ehemann würde Luigi noch einmal vor ganz andere Aufgaben gestellt werden.

Der Abend bei Don Marco Decampo und seiner Frau verlief sehr zu Sofias Zufriedenheit. Rosa zeigte sich von ihrer besten Seite und es war unverkennbar, dass Luigi ihr immer wieder bewundernde Blicke zuwarf. Auch die Söhne von Don Marco gefielen Sofia gut. Der älteste war schon zwanzig Jahre alt und die anderen beiden waren im selben Alter wie Luigi und Stefano. Es war eine angenehme Unterhaltung, bei der häufig die Sprache auf Sizilien kam. Und obwohl die Jüngeren Berlin als ihre Heimat betrachteten, spürte man auch bei ihnen eine Sehnsucht nach der Wärme und der Stimmung Siziliens.

Nach dem Dessert verließen die Familien das großzügige Esszimmer, um in einem Nebenraum auf stilvollen, braunen Ledersofas ihren Kaffee einzunehmen. Luigi setzte sich neben Rosa und flüsterte ihr etwas ins Ohr. Sofia bemerkte mit Genugtuung, wie das Mädchen errötete und aufstand, um ihrer Mutter zu helfen. Es war nicht zu übersehen, dass sie sehr angetan war von Luigi.

„Du hattest wie immer Recht, meine Liebe. Unser Sohn hat sich ein nettes junges Mädchen ausgesucht", flüsterte Massimo amüsiert. Auch er hatte seinen Sohn den ganzen Abend über beobachtet. Jetzt beugte er sich noch näher zu Sofia.

„Sie gefällt mir gut, deine kleine Rosa", raunte er. „Ich hoffe nur, dass Luigi es auch so ernst meint wie wir …" Sofia zuckte mit den Schultern. Sie war sich sicher, dass sie ihren Sohn zu einer Hochzeit bewegen konnte, wenn er noch nicht selbst auf diese Idee gekommen war. Sie wollte gerade noch etwas zu Massimo sagen, da kam Rosa mit einer Tasse Kaffee, die sie Sofia reichte. Sie bedankte sich und nahm vorsichtig einen Schluck.

„Ist sie nicht wunderbar“, hörte sie plötzlich Luigis Stimme hinter sich. Überrascht drehte sie sich um. Luigi stand lächelnd hinter ihr und schaute Rosa hinterher.

„Sie gefällt dir?“ Sofia warf Massimo einen wissenden Blick zu und wandte sich wieder an Luigi. „Sie ist ein sehr nettes Mädchen, ich habe mich an deinem Geburtstag mit ihr unterhalten.“

„Und hübsch ist sie“, fügte Massimo mit einem Augenzwinkern hinzu. Dann erhob er sich. „Da kommt Don Marco. Ich denke, es kann nicht schaden, in aller Ruhe einen Cognac mit ihm zu trinken.“ Sofia nickte zufrieden. Alles weitere war Sache der Männer. Sie würden das letzte Wort über eine Hochzeit zwischen Luigi und Rosa haben. Doch sie war guter Dinge. Es gab keinen Grund, warum diese Verbindung nicht zu Stande kommen sollte. Sie schaute, wie Massimo mit Marco Decampo in dessen Arbeitszimmer verschwand und wandte sich dann wieder an ihren Sohn, der Rosa nicht aus den Augen zu lassen schien.

„Ich brauche dich nicht zu fragen, ob Rosa deine Gefühle erwidert“, bemerkte Sofia und blickte ebenfalls zu Rosa. „Es steht ihr ins Gesicht geschrieben.“ Luigi nickte gedankenverloren. Dann drehte er sich zu Sofia und schaute ihr in die Augen.

„Mama, ich möchte Rosa bitten, meine Frau zu werden.“ Sofia lächelte und strich ihrem Sohn kurz über die Wange.

„Ich weiß, Luigi, dein Vater und ich wissen es beide und du kannst sicher sein, dass du unseren Segen hast.“

10

Die Hochzeit von Luigi und Rosa sollte 10 Monate später in einer eher bescheidenen katholischen Kirche in Berlin stattfinden. Sofia hatte lange überlegt, ob es nicht schöner wäre, wenn sie alle zur Trauung nach Palermo reisen würden: In Berlin war es im April noch recht kalt, auf Sizilien hingegen schien bereits die Sonne. Doch ihre Familie war inzwischen fest in der Stadt verankert und sie hatten viele Freunde hier. Ein großes Hochzeitsfest mit den Menschen, die einen tagtäglich durchs Leben begleiten, hatte Luigi sich gewünscht und alle ließen sich überzeugen. Die Verwandtschaft auf Sizilien würden sie im Anschluss an die Hochzeitsreise nach Rom besuchen. Das Fest sollte auf Luigis Bitte hin in der Pizzeria stattfinden. Massimo hatte ihm angeboten, einen großen Saal mit Orchester und allem drum und dran zu mieten, doch Luigi wollte die Pizzeria!

„Ich würde sofort den Saal nehmen“, bemerkte Stefano, als sie beim Abendessen über dieses Thema redeten.

„Finde erst mal eine Frau, die bereit ist, dich zu heiraten, dann können wir über Säle und Schlösser reden, in denen du deine Hochzeit feiern kannst." Luigis Stimme klang spöttisch. Er füllte sich genussvoll den Teller ein zweites Mal und schaute seinen Bruder abwartend an.

„Ich glaube nicht, dass die Frauen das Problem sind", wehrte sich Stefano. „Davon habe ich mehr als genug und jede würde mich lieber heute als morgen heiraten, aber ..." Er machte eine Pause und warf seinem Bruder einen schnippischen Blick zu: „Aber ich bin zu anspruchsvoll."

„Davon merkt man aber nichts bei den Frauen, mit denen du dich umgibst." Luigi schüttelte abfällig den Kopf und schob sich einen Löffel mit Maccheroni in den Mund. Stefano warf ihm einen wütenden Blick zu.

„Sie sind nicht schlechter als andere", zischte er ärgerlich, verkniff sich aber weitere Bemerkungen.

„Ich denke, das reicht jetzt", mischte Massimo sich in die Unterhaltung seiner Söhne ein. „Ich würde jetzt gerne einmal erfahren, wie dieser Hochzeitstag ablaufen soll. Schließlich habe ich auch einige Termine einzurichten. Also?" Er schaute Luigi abwartend an. Sofia hörte nicht zu, sondern beobachtete Stefano, der schweigend sein Abendessen aß und sich kaum an dem Gespräch zwischen Massimo und Luigi beteiligte. Schon lange bemerkte sie mit Sorge, dass ihr jüngster Sohn sich nicht nur geschäftsmäßig um die Clubs kümmerte, sondern sich auch privat sehr gerne dort aufhielt – und sie wusste, dass er in diesen Etablissements nicht lange alleine blieb. Bisher hatte Sofia das immer schweigend akzeptiert. Schließlich war Stefano noch jung und sah mit seinen tiefbraunen Haaren und der schlanken Figur ziemlich gut aus. Er amüsiert sich eben, heiraten kann er noch früh genug, hatte sie immer gesagt. Aber heute erschien er ihr merkwürdig, irgendwie verändert. Seit wann nahm er seine „Liebes-Abenteuer“ in Schutz? Sicher, Luigi traf ins Schwarze, wenn er auf Stefanos besondere Art der Frauenbekanntschaften ansprach, doch normalerweise lachte Stefano über die Neckereien seines Bruders. „Gönn’ mir doch das bisschen Spaß, den du dir jetzt verkneifen musst, mein lieber Luigi“, war in den letzten Tagen sein Lieblingsspruch gewesen. Sofia runzelte nachdenklich die Stirn und betrachtete ihn aus den Augenwinkeln. Er wirkte verkniffen und schien beinahe gekränkt über Luigis Bemerkung zu sein. Eine dumpfe Ahnung beschlich sie. Wenn sich da nur nichts anbahnt ... In jedem Fall würde sie Stefano in Zukunft etwas genauer beobachten.

In den nächsten Wochen war Sofia jedoch vollkommen von den Hochzeitsvorbereitungen für Luigis Trauung eingenommen, und hier war sie ganz in ihrem Element. Sie ließ es sich nicht nehmen, den Speiseplan höchstpersönlich aufzustellen. Sie überlegte sich ein Menü, sprach die Einkäufe mit Luciano Donabene ab und bestellte eine immense Hochzeitstorte im Berliner Café Kranzler, das berühmt war für seine Backkunst. Schon eine Woche vor dem großen Tag stand sie in der Küche und begann mit den Vorbereitungen: Sie legte Gemüse ein, setzte Soßen an, stellte Pasta und

Gnocchi her und erklärte sich sogar bereit, Rosa und ihre Mutter zur Anprobe des Brautkleides zu begleiten.

Rosas Kleid war umwerfend! Sofia war ehrlich hingerissen, als Rosa aus der Umkleidekabine der exquisiten Hochzeitsboutique kam, eingehüllt in einen Traum aus weißer Seide. Zwar war das Dekolletee für ihren Geschmack ein wenig zu weit ausgeschnitten, doch Rosas Schultern wirkten so zart und unschuldig, dass wohl niemand daran Anstoß nehmen würde. Und außerdem waren sie hier in Berlin und nicht in Palermo, überlegte Sofia und freute sich, dass ihre Hochzeitspläne für Luigi langsam Gestalt annahmen.

Als Rosa wenige Tage später die Kirche betrat, war es genauso, wie Sofia es sich vorgestellt hatte. Die Menschen in der Kirche schienen den Atem anzuhalten, so schön sah Rosa aus. Das Glück dieses Tages machte die junge Braut noch hübscher, als sie es sowieso schon war. Ihre Augen glänzten und ihr Gesicht war leicht gerötet. Als Luigi und sie sich das Jawort gaben, spürte Sofia, wie ihre Augen feucht wurden. Eine kleine Träne rann ihr aus dem Augenwinkel, dann aber fasste sie sich schnell wieder. Luigi war versorgt und er hatte eine passende Frau gefunden. Sie hatten das Richtige getan! Trotzdem fiel es schwer, ihren Sohn gehen zu lassen, selbst wenn es nur zwei Häuser weiter in eine eigene kleine Wohnung war. Ihr Blick wanderte zu Stefano, der als Trauzeuge seines Bruders beim Altar stand. Wenn sie für ihn nur auch das Glück finden konnte. Er war noch so jung und so leichtsinnig, doch irgendwann musste auch er den Ernst der Liebe verstehen lernen.

Nach der Kirche gingen die Gäste zu Fuß in die nahe gelegene Pizzeria. Sofia hatte diesmal alles sehr festlich herrichten lassen, mit weißen Tischdecken, edlem Porzellan und Kristallgläsern. Überall standen Blumenvasen mit dunkelroten Rosen und zahlreiche Kerzen schafften eine angenehme romantische Atmosphäre. Nach dem Aperitif bat Sofia zu Tisch. Massimo hielt eine wunderschöne Rede zu Ehren seines Sohnes, er sprach von der Liebe, die Eltern ihren Kindern mitgeben, von Luigis Verantwortung als Ehemann, die darin bestand, seine Frau glücklich zu machen und natürlich von der Verantwortung, die Familie zu ernähren. Er brachte einen Toast auf die schöne Braut aus und wünschte sich, dass sie seinem Sohn eine gute Ehefrau sein würde.

„Wenn zwei, die sich lieben, zusammenhalten“, sagte er, „dann kann kein Feuersturm dieser Welt ihnen etwas anhaben, dann werden sie allen Aufgaben, Gefahren und Schwierigkeiten trotzen.“ Er erhob sein Glas. „Darauf trinke ich. Auf die Ehe und darauf, dass es euch gelingen möge, zusammen stark zu sein.“ Alle Gäste applaudierten gerührt. Es schien, als hätte Massimo ihnen aus der Seele gesprochen und die Sehnsucht aller berührt.

Nach dem Essen räumten die Männer die Tische beiseite, um Platz zum Tanzen zu schaffen. Zunächst versammelten sich dort jedoch kichernd die unverheirateten Mädchen. Rosa stellte sich mit dem Rücken zu ihnen und warf unter lauten Zurufen den Brautstrauß. Ein junges Mädchen aus dem Bekanntenkreis fing ihn und wurde rot bis unter die Haarwurzeln. Rosa nahm sie in den Arm und gratulierte ihr. „Du wirst einen Mann finden, der so wunderbar ist wie meiner."

„So, und jetzt möchte ich einen Hochzeitstanz sehen", rief Massimo hinter der Theke hervor. Er legte eine Platte auf und fügte drohend hinzu: „Dass du mir keine Schande machst, mein Sohn." Luigi ließ sich nicht lange bitten und holte seine bezaubernde Braut auf die improvisierte Tanzfläche. Massimo hatte einen Walzer ausgesucht und die beiden schwebten federleicht über das Parkett. Die Gäste schauten ihnen gerührt zu.

„Darf ich bitten?" Massimo stand vor Sofia, verbeugte sich galant und deutete mit einer eleganten Handbewegung auf die Tanzfläche. „Nur diesen einen Tanz." Statt einer Antwort legte Sofia ihre Hand auf Massimos Arm und folgte ihm. Er nahm sie in die Arme und sie ließ sich von ihm führen.

„Weißt du noch? Unser erster Walzer?", murmelte er ihr ins Ohr. Als ob Sofia das vergessen konnte. Damals hätte sie niemals gedacht, dass sie einmal Massimo Monettis Frau sein würde und mitten in Deutschland zwei Kinder großziehen würde, während ihr Mann zu einem der führenden Mafiamitglieder außerhalb Italiens wurde. Für einen kurzen Augenblick legte sie den Kopf an Massimos Schulter und genoss den sanften Druck seiner Hände auf ihrem Rücken. Wie zärtlich er sein konnte. Bei seiner Arbeit war er hart und unerbittlich, und er musste es sein. Doch wenn sie mit ihm alleine war, dann konnte er sehr viel weicher sein, als es seine Gegner je vermuten würden. Sofia schloss die Augen und versetzte sich an jenen Abend in Palermo zurück, wo sie als junges Mädchen die ganze Nacht mit Massimo getanzt und sich unsterblich in diesen Mann verliebt hatte.

Doch heute war sie die Gastgeberin und so befreite sie sich wohl oder übel nach zwei Tänzen aus der Umarmung ihres Mannes. Von einem Moment auf den anderen war sie wieder die distanzierte, wohlgeordnete Donna Sofia. Mit aufmerksamem Blick ging sie zwischen den Gästen umher, sorgte dafür, dass überall ausreichend zu trinken bereit gestellt war und Süßigkeiten gereicht wurden. Nachdem sie einmal kreuz und quer durch den Raum gegangen war, blieb sie stehen. Wo war eigentlich Stefano, wunderte sie sich und schaute noch einmal über die Gäste. Sie hatte ihn nirgendwo entdeckt während ihres Rundganges. Na ja, vielleicht war er gerade auf Toilette oder draußen vor der Tür. Sie wartete einen Augenblick und suchte noch einmal gezielt mit den Augen alles ab. Doch er war nicht zu sehen. Sie ging in die Küche, um dem Personal noch einige Anweisungen zu geben und dann wieder nach draußen. Noch einmal drehte sie unauffällig ihre Runde.

„Luigi", hielt sie ihren Sohn an, der gerade mit ein paar Männern seines Alters zusammenstand. „Hast du Stefano gesehen?“ Luigi blickte zu Boden und verneinte. Sofia runzelte die Stirn. Sie kannte diesen ausweichenden Blick. Luigi hatte sie noch nie belügen können, und immer, wenn er ihr etwas zu verheimlichen versuchte, dann wich er ihr mit den Augen aus.

„Luigi?“, wiederholte sie drängend. Sie nahm seinen Arm und zog ihn von seinen Freunden fort. „Was verheimlichst du mir?“, flüsterte sie. „Es ist doch nicht schlimm, wenn Stefano kurz weg ist, ich habe mich einfach nur gewundert.“ Luigi machte sich los und beobachtete die Tanzenden.

„Es ist nichts, Mama, comprendi? Und jetzt will ich tanzen. Es ist heute meine Hochzeit!“ Manchmal ging ihm Sofias Sorge um Stefano auf die Nerven. Sofia atmete hörbar aus. Sie duldete nicht, dass ihre Söhne so mit ihr sprachen und außerdem hatte sie auch gar nicht angenommen, dass irgendetwas los war, doch Luigis Verhalten machte sie misstrauisch.

„Du sagst mir jetzt sofort, was los ist. Nur weil du heute geheiratet hast, musst du deiner Mutter immer noch die Wahrheit sagen.“ Sofia kniff die Augen zusammen und sah ihrem Sohn mit einem stählernen Blick in die Augen.

„Er hatte eine Verabredung. Es war wichtig!“ Luigi schaute sich nach Rosa um und wippte nervös von einem Fuß auf den anderen. „Was für eine Verabredung? Mit einer Frau?“ Sofia ließ nicht locker.

„Ja, wenn du es wissen willst: Mit einer Frau“, stieß Luigi heftig hervor. Doch dann biss er sich auf die Lippen und fügte in beschwichtigendem Tonfall hinzu: „Du kennst ihn doch, du weißt, wie Stefano ist. Immer lernt er neue Mädchen kennen und jedesmal ist er Feuer und Flamme. Aber nach ein paar Tagen ist das Ganze meist wieder vorbei."

„Das ist aber noch lange kein Grund, die Hochzeit seines Bruders zu verpassen", stellte Sofia entrüstet fest. Doch im nächsten Moment riss sie sich zusammen und schenkte Luigi ein aufmunterndes Lächeln. „Ist in Ordnung, geh wieder zu deinen Freunden." Es war Luigis großer Tag und er konnte nichts dafür, dass Stefano immer solche Flausen im Kopf hatte. Ach Stefano!, dachte Sofia. Sie liebte ihren jüngsten Sohn abgöttisch, doch sie hatte auch immer das Gefühl, als müsse sie mehr auf ihn aufpassen als auf Luigi. Er war oft so impulsiv, tat oder sagte Dinge, die nicht gut für ihn waren ... Sofia ging in die Küche, um einen Moment nachzudenken. Was war das für eine Geschichte mit Stefano? Natürlich war er immer wieder hinter neuen Mädchen her, da hatte sein Bruder recht, aber normalerweise ließ er dafür doch kein Familienfest aus und schlich sich heimlich davon wie ein Verbrecher ... Nein, diesmal musste etwas anderes im Spiel sein. Wahrscheinlich war es ein Mädchen, das gar nichts mit der Clubszene zu tun hatte und von der noch niemand wissen durfte. Sofia biss sich auf die Lippen. Wenn Stefano sich verliebt hatte und ihnen nichts davon erzählte, dann konnte das nur einen Grund haben: Er wusste ganz genau, dass sie und Massimo die Verbindung nicht gutheißen würden.

Sofia trug ihre Vermutung einige Tage lang mit sich herum und beobachtete Stefano bei den gemeinsamen Essen genau. Er war schweigsamer als sonst, und wenn sie ihn auf seine Abende ansprach, antwortete er oberflächlich. Er würde sich mit ein paar Freunden in einer Bar treffen oder er habe noch geschäftliche Dinge zu besprechen, erklärte er meist kurz angebunden. Sofia kamen seine Antworten wie Ausflüchte vor. Sie überlegte, was sie tun konnte. Mit Massimo zu sprechen hatte in diesem Fall keinen Sinn. Er würde abwinken. Warum sollte Stefano sich nicht mit ein paar Frauen treffen? Das war nichts Schlimmes in seinem Alter, immerhin war er bereits siebzehn, andere Männer sahen sich in seinem Alter schon nach einer passenden Braut um. Sie könnte Luigi noch einmal auf den Zahn fühlen ... Aber, selbst wenn er etwas wusste, würde es schwierig werden, ihn zum Reden zu bringen. Nein, Sofia musste einen anderen Weg gehen, und der einfachste Weg führte über Toni.

Sie bestellte ihn in die Pizzeria, als sie sicher war, dass Massimo mit Stefano unterwegs war. Als er kam, redete sie nicht lange um den heißen Brei herum. „Toni, was ist mit Stefano los? Steckt da eine Frau dahinter und wenn ja, wer ist sie?" Toni machte ein unglückliches Gesicht und lehnte sich an die Theke.

„Ach, Donna Sofia", seufzte er. „Was weiß ich denn von Stefanos Frauengeschichten. Er hat ein Mädchen, ja. Aber er hat immer irgendein Mädchen."

„Toni, hörst du mir eigentlich gar nicht zu?" Sofia legte ärgerlich ihr Geschirrtuch ab und beugte sich zu ihm. „Ich will wissen, ob Stefano eine feste Freundin hat und was das für ein Mädchen ist. Seine Eroberungen interessieren mich nicht“, zischte sie. Sie machte eine abwartende Pause und schaute Toni mit zusammengekniffenen Augen an. „Toni, du weißt, wie wichtig es ist, die richtige Frau an seiner Seite zu haben. Du hast eine treue und ergebene Frau, und das hat nichts mit den kleinen Abenteuern zu tun, die ihr Männer hin und wieder sucht. Ich habe doch nur Angst, dass Stefano noch zu unreif ist, er weiß nicht, was gut für ihn ist. Es geht darum, ihn zu schützen, vor sich selber..., – und jetzt sagst du mir sofort, was los ist!“

Toni runzelte die Stirn und drehte nervös sein Glas vor sich auf der Theke. Sofia hatte eine Art, Fragen zu stellen, der man keine Ausflüchte entgegensetzen konnte. Sie hatte wirklich den Namen Donna Sofia verdient, fand er. Sofia sagte nichts. Sie ließ ihre Worte wirken. Wenn sie Toni richtig einschätzte, würde er wissen, was zu tun war.

„Okay, es gibt ein Mädchen. Eine Deutsche, sie arbeitet in einer Bar und heißt Mona. Stefano trifft sie regelmäßig, ich glaube, sie ist zurzeit die einzige Frau für Stefano. Ich und die anderen, wir ziehen ihn schon mal damit auf, dass solche Mädchen doch nichts für die Liebe wären und so ...“ Toni biss sich auf die Lippen. „Aber ich weiß ehrlich nicht, wie ernst die Geschichte ist, und ob da etwas dahinter steckt oder nicht. Ich sage es Ihnen auch nur, weil ich nicht will, dass irgendetwas schief läuft.“

Sofia schluckte. Ein Mädchen aus einer Bar? Sie presste die Lippen aufeinander. Stefano konnte machen, was er wollte, solange es um ein Abenteuer ging, aber wenn sich hier mehr anbahnen sollte, dann ... Sie unterbrach ihre Gedanken und bedankte sich bei Toni. Diese Geschichte musste beendet werden.

Noch am selben Abend stellte sie ihren Sohn zur Rede. Massimo war nicht da und sie war alleine mit Stefano in der Küche. Sie konfrontierte ihn direkt mit dem, was sie von Toni erfahren hatte und beobachtete seine Reaktion. Stefano ging nervös auf und ab.

„Ich wollte schon die ganze Zeit mit dir darüber sprechen ..." Stefano biss sich auf die Lippen und suchte ganz offensichtlich nach Worten. „Mama, dieses Mädchen ist anders. Sie ist eine gute Frau. Sie kellnert, ja, aber das ist doch nur ein Übergang." Er ging auf Sofia zu und nahm ihre Hand. „Sie kommt aus sehr gutem Hause, Mama, und ich möchte, dass du sie kennen lernst", sagte er mit einem flehenden Blick. Sofia zog ihre Hand zurück und verzog angewidert die Mundwinkel.

„Ich soll sie kennen lernen?" Sofia überlegte fieberhaft. Wenn es für Stefano so wichtig war, musste sie auf seinen Vorschlag eingehen, um ihn nicht zu brüskieren, doch innerlich stand für sie schon fest, was sie von dieser Frau zu halten hatte.

„Aber ich möchte sie nicht in meinem Haus haben." Sofia stemmte energisch die Hände in die Seiten. Stefanos Mund verzog sich zu einem breiten Lächeln.

„Danke, Mama. Danke! Ich werde sie für morgen Nachmittag in ein Café bestellen. Dann können wir uns alle dort treffen.“ Sofia nickte kurz: „Lass’ mich jetzt allein, Stefano.“

Nachdem er gegangen war, setzte sie sich an den Tisch und blickte eine Weile ausdruckslos vor sich hin. Ihre Gedanken wirbelten durcheinander. Die Sache war schlimmer als sie angenommen hatte. Stefano schien sich wirklich verliebt zu haben. Diese Frau hatte es geschafft, ihm den Kopf zu verdrehen. Er konnte ja überhaupt nicht mehr klar denken. Sofia schlug mit der flachen Hand auf die Tischplatte. „Mein Sohn mit einer deutschen Kellnerin, Dio“, flüsterte sie und schüttelte energisch den Kopf. Sie würde ab jetzt für Stefano denken, beschloss sie.

Das Treffen mit Mona war ein einziges Fiasko. Sofia bemühte sich natürlich freundlich zu sein, – nach außen hin wahrte sie immer ein korrektes Verhalten, aber innerlich kochte sie beim Anblick dieser „blonden, kleinen Schlampe“. Als Stefano für einen Augenblick verschwand, zischte sie dieser Frau hasserfüllt ihre Meinung zu. Damit war für sie die Sache erledigt. Diese Mona faselte irgendetwas von Liebe, doch Sofia glaubte genau zu wissen, was hier gespielt wurde: Die Kleine war auf Stefanos Geld und auf seinen guten Namen aus. Aber das würde Sofia zu verhindern wissen! Stefano musste hier weg und nicht nur das: Er musste auch eine Weile aus der Atmosphäre dieser Clubs und zwielichtigen Bars verschwinden.

Innerhalb weniger Tage arrangierte sie alles Notwendige. Zunächst informierte sie Massimo über ihr Vorhaben. Sie erzählte zwar nichts von Mona, doch sie machte ihrem Mann unmissverständlich klar, dass die Affären von Stefano Überhand nähmen und dass es an der Zeit wäre, ihm eine passende Ehefrau zu suchen, und zwar am besten auf Sizilien! Massimo saß auf dem Bettrand und hörte aufmerksam zu. Als Sofia geendet hatte, runzelte er leicht verärgert die Stirn. „Sofia, ist das eine Frage oder eine Ankündigung?"

„Würdest du tatsächlich nein sagen, müsste ich mich fügen", erklärte Sofia ohne Umschweife. „Aber ich weiß einfach, dass ich das Richtige tue, und du weißt es auch." Sie schaute ihren Mann abwartend an. Er zögerte und stellte umständlich den Wecker. Nach einer Weile räusperte er sich.

„Tu, was du nicht lassen kannst, cara Sofia, ich will nur, dass unsere Söhne in guten Händen sind! Und wenn du meinst, dass wir in Italien die richtige Frau für Stefano finden, dann wird es so sein." Er stellte den Wecker auf den Nachttisch und wandte sich an Sofia. „Aber die Anweisung, dass er zu gehen hat, die erteile immer noch ich. Und meinen Anweisungen wird er sich fügen." Sofia lächelte zufrieden. Sie hatte wieder einmal ihren Willen durchgesetzt, und dass Massimo mit Stefano reden würde, war ihr nur recht.

Am nächsten Morgen rief Sofia ihren Bruder Alfredo an. Er war inzwischen ein angesehener Mann in Palermo und sie bat ihn, seine Verbindungen zu nutzen und nach einer passenden Frau für Stefano Ausschau zu halten. Außerdem wollte sie, dass ihr Sohn für ein oder zwei Jahre in Palermo blieb und mit Alfredo zusammenarbeitete. Er konnte noch eine Menge von ihrem Bruder lernen und so war er aus der Schusslinie von irgendwelchen Monas, oder wie diese leichten Mädchen alle hießen. Alfredo sagte ohne zu zögern zu. Für ihn war es eine Selbstverständlichkeit, dass man sich innerhalb der Familie half.

„Hier gibt es viele junge Mädchen, die dir gefallen würden Sofia, mia cara." Er benutzte immer noch das alte Kosewort, wenn er mit Sofia sprach und obwohl sie nun schon fast 40 Jahre alt war, klang es so vertraut, wenn Alfredo sie so ansprach. „Komm doch einfach mit, Sofia", schlug er plötzlich vor. „Komm mit nach Palermo und sieh sie dir selber an, die jungen Mädchen."

„Ich soll mitkommen?" Sofia runzelte die Stirn und überlegte. Sie konnte doch nicht einfach weg aus Berlin. „Aber mein Mann, ich muss doch bei ihm sein."

„Ach Sofia, du hast dich schon immer viel zu verantwortlich gefühlt. Du hast doch eine Schwiegertochter, sie wird sich schon um deinen Massimo kümmern. Überlege es dir. Wir würden uns sehr freuen." Er machte eine kurze Pause und fügte dann leise hinzu: „Und du würdest Vater eine große Freude machen." Nachdenklich legte Sofia den Hörer auf. Palermo ... Einen Augenblick sah sie die sonnige Stadt, die Straßen und die Familie vor sich. Doch dann stand sie entschlossen auf. Stefanos Reise musste organisiert werden, träumen brachte sie da nicht weiter.

Zu Sofias Erstaunen war es nicht so schwer, wie sie gedacht hätte, Stefano dazu zu bewegen nach Sizilien zu fahren. Massimo sprach ein Machtwort mit seinem Sohn und Stefano akzeptierte schweigend. Er wußte, dass er sich den Befehlen seines Vaters nicht widersetzten konnte. Sofia erzählte ihm, dass Alfredo einen guten Mann dort unten gut gebrauchen könnte und erwähnte wie nebenbei, dass es dort jede Menge gut aussehender Mädchen gäbe, die nur darauf warteten, Stefano kennen zu lernen.

„Stefano, es ist das Beste für dich“, beteuerte Sofia, als sie seine Koffer packte. „Und warte nur, bis du dort bist. Du wirst dich wohlfühlen, da bin ich sicher.“

„Ach Mutter, warum glaubst du nur immer so genau zu wissen, was das Beste für mich ist? Mona ist nicht schlecht. Sie ist nur nicht das, was du dir vorstellst.“ Er setzte sich auf das Bett und schaute nachdenklich auf seine Hände. Sofia legte ein Hemd auf den Koffer und setzte sich neben ihn. „Ich bin deine Mutter, Stefano, und manchmal wissen Mütter besser, was das Richtige für ihre Kinder ist, als die Kinder selbst. Das ist das Leben.“ Sie erhob sich wieder um die letzten Kleidungsstücke einzupacken. „Du musst nur auf mich hören, dann kann dir nicht viel passieren, mein Sohn.“

„Mama!“, unterbrach Stefano sie ärgerlich. „Va bene. Papa hat gesagt, geh nach Palermo und ich gehe nach Palermo. Vielleicht habt ihr Recht, vielleicht ist es zu früh, sich zu binden, vielleicht will ich mich auch überhaupt nicht binden, aber erspare mir diese Vorträge.“ Sofia schluckte. Es traf sie, wenn Stefano so mit ihr sprach, doch sie musste froh sein, dass er ohne viel Aufhebens abreiste. Und wenn er erst einmal dort war, würde er Mona schnell vergessen haben. Sie lächelte zynisch. Solche Frauen vergaß man immer schnell.

Wenige Tage später flog Stefano los. Er sollte bei Alfredo und seiner Frau wohnen, die ihn auch auf sein zukünftiges Leben auf Sizilien vorbereiten würden. Sofia hätte sich erleichtert zurücklehnen können und darauf warten können, dass Stefano sich in eine der vielen jungen Frauen verliebte, die Alfredo ihm vorstellen wollte. Doch eine unerwartete Begegnung hielt sie davon ab, ihre Ruhe wiederzufinden.

Eines Tages stand nämlich tatsächlich diese Mona vor ihrer Tür. Eine Frechheit, dachte Sofia. Wie konnte dieses Mädchen es wagen, zu ihr nach Hause zu kommen? Ein Mädchen aus einer Bar bei Donna Sofia Monetti! Frech stand sie da und behauptete, ein Kind von Stefano zu erwarten. Sofia war wie vom Donner gerührt. So eine unverschämte Lüge, dachte sie. Mona wollte Stefano mit diesem kleinen miesen Trick einfangen und an sich binden. Doch da hatte sie sich verrechnet. Sofia schickte das Mädchen, ohne lange zu überlegen, zum Teufel, – allerdings nicht, ohne ihr vorher gesagt zu haben, dass Stefano in Palermo war und dort mitten in seinen Hochzeitsvorbereitungen steckte. Eine kleine Notlüge, die Gott ihr sicher verzeihen würde. Schließlich konnte niemand von ihr erwarten, dass sie eine solche Frau in ihrem Hause aufnehmen würde.

Als sie die Tür hinter sich geschlossen hatte, atmete Sofia tief durch. Sie musste nach Sizilien. Sie musste sofort zu Stefano und ihn vor dieser billigen kleinen Lügnerin bewahren. Diese Frau hatte einen Blick gehabt ... Man konnte ihr alles zutrauen. Und Sofia wollte kein Risiko eingehen, wenn es um Stefano ging.

Sie eilte zu Massimo in die Pizzeria. Sie fand ihn an dem üblichen Tisch in der Ecke und setzte sich zu ihm. Sie strich sich nervös mit den Händen über ihre elegantes dunkelrotes Kostüm. Sie hatte sich alles genau überlegt. Ihr Mann sollte nichts von Monas Besuch erfahren, genauso wenig wie Stefano.

„Massimo", stieß sie hervor. „Ich möchte gerne nach Sizilien fahren. Eine Mutter sollte bei ihrem Sohn sein, wenn er auf Brautschau ist. Ich möchte ihn unterstützen und mir selber einen Eindruck von den Mädchen machen." Massimo hatte sich auf seinem Stuhl zurückgelehnt und betrachtete seine Frau aufmerksam. Ein Lächeln glitt über sein Gesicht.

„Du bist eine gute Mutter, Sofia. Aber meinst du nicht, dass du übertreibst? Stefano weiß, was er tut und er würde nie heiraten, ohne vorher unsere Einwilligung zu holen. Dann können wir uns das entsprechende Mädchen immer noch angucken." Er machte eine Pause und kramte umständlich nach einer seiner Zigarren, die er in der Westentasche trug. Sofia wartete. Sie wusste, dass Massimo noch nicht fertig war. Nach einer Weile beugte er sich zu ihr. „Und wie hast du dir das vorgestellt?"

„Du könntest bei Luigi und Rosa zu Abend essen. Sie

würden sich freuen, dich eine Weile bei sich zu haben. Und mittags bist du in der Pizzeria versorgt."

„So, könnte ich das?", murmelte Massimo und seinem Tonfall war anzumerken, dass ihm der Vorschlag nicht gerade behagte. Er war es gewohnt, dass seine Frau jeden Abend für ihn kochte und auch das Frühstück war immer vorbereitet, wenn er aus dem Haus wollte. Sofia ergriff seine Hand und schaute ihn mit einem offenen Blick an. „Massimo, es fällt mir schwer, dich zu verlassen und sei es nur für eine Woche, aber ich möchte Stefano noch eine Weile für mich haben. Er wird lange fort sein und du weißt, wie sehr ich an ihm hänge."

„Ja, ich weiß", überlegte Massimo und erwiderte Sofias Blick. „Wenn es dir so wichtig ist, dann fahr, Sofia", sagte er schließlich. Sofia stand auf, um sich neben ihn zu setzen. Sie gab ihm einen Kuss. „Danke, Massimo!" Sie seufzte. „Ach, wenn Stefano nur schon verheiratet wäre, dann wäre ich die glücklichste Mutter der Welt."

„Er wird heiraten, genauso wie Luigi geheiratet hat", versicherte Massimo mit ruhiger Stimme. „Wir haben zwei erwachsene Söhne." Er machte eine Pause und schaute sie mit einem nostalgischen Lächeln an. „Wir werden alt, bella Sofia. Warte nur, bis die ersten Enkelkinder unser Haus bevölkern."

Sofia lachte glücklich. Ja, darauf freute sie sich. Eine große Familie, ihre Söhne, zwei nette Schwiegertöchter und viele Enkelkinder.

Dritter Teil

11

Dreizehn Jahre waren vergangen, seitdem Sofia mit Stefano auf Sizilien war, um eine geeignete Frau für ihn zu finden. Doch es war eine ergebnislose Reise, denn Stefano hatte sich geweigert zu heiraten. Zunächst war Sofia geschockt und versuchte mit allen Mitteln ihn zu überreden, doch Stefano blieb stur. Die sizilianischen Mädchen waren ihm zu brav und zu fremd. „Ich glaube, ich bin kein Mann fürs Heiraten“, hatte er ihr damals gesagt. „Noch nicht.“ Seitdem hoffte Sofia vergebens, dass er einmal die richtige Frau finden würde. Doch wenn sie ehrlich war, profitierte sie auch von seiner Entscheidung: Stefano war immer für sie da und es gab keine Ehefrau, die ihn in Beschlag nahm. Sicher, er hatte seine kleinen Verhältnisse mit diversen Mädchen, doch das war nie etwas Ernstes, und seit der Geschichte mit Mona hütete Stefano sich, Sofia eine von seinen Frauen vorzustellen.

Dennoch hatte Stefano damals zwei Jahre auf Sizilien verbracht und war bei Sofias Bruder Alfredo in eine gute Schule gegangen. Er hatte sozusagen den letzten Schliff bekommen, den er für das Geschäft brauchte. Nach seiner

Rückkehr in Berlin war er mit Hilfe seines Vaters zu einem gleichsam geachteten und gefürchteten Mann aufgestiegen. Das Schutzgeldgeschäft und das Management der Clubs lagen fast ausschließlich in seiner Hand. Sein älterer Bruder Luigi hingegen kümmerte sich um die Drogendeals. Mit seiner kühlen und berechnenden Art war er besser dafür geeignet als der impulsive und oftmals unberechenbare Stefano.

Massimo war immer noch das Oberhaupt der gesamten Organisation, doch seit Luigi und Stefano viele Bereiche übernommen hatten, zog er sich mehr und mehr aus den bisherigen Geschäften zurück. Er kümmerte sich fast ausschließlich um die Geldwäsche oder um neue Aktivitäten wie die Immobilienspekulation. Denn seit die Berliner Mauer vor einem Jahr geöffnet worden war, hatte die Stadt sich verändert. Viele Geschäfte mussten vollkommen neu organisiert werden und neue Bereiche eröffneten sich, die Immobilienspekulation war eine davon. Leider war sein Freund und Vertrauter Toni nach Italien gegangen. Die deutsche Polizei war ihm wegen eines Vergehens dicht auf den Fersen gewesen und er hatte verschwinden müssen.

Massimo war mit seinen 58 Jahren immer noch sehr unternehmungslustig, dachte Sofia oft voller Stolz. Er war zwar älter geworden, die Haare grauer, die Figur etwas untersetzter, aber er sah immer noch sehr gut aus, fand Sofia. Oftmals hatte sie sich im Spiegel betrachtet und amüsiert gedacht, was für ein großer Unterschied zwischen Männern und

Frauen bestand. Mit ihren Falten sahen viele Männer fast noch besser aus als in jungen Jahren, Frauen hingegen wirkten einfach nur älter. Aber Sofia gehörte nicht zu jenen, die das störte. Im Gegenteil: Das Alter verschaffte ihr zunehmenden Respekt und sie hatte inzwischen drei Enkelkinder, um die sie sich oft und gerne kümmerte.

Sie waren der größte Segen im Hause Monetti. Luigis Frau Rosa hatte drei Kinder zur Welt gebracht. Marco war inzwischen schon 9 Jahre alt, Giovanni war 5 und die kleine Carla 3 Jahre alt. Sofia vergötterte ihre Enkelkinder. Sie verwöhnte sie, wo sie nur konnte, kochte für sie und ging mit ihnen spazieren, so wie sie es auch schon mit ihren Kindern gemacht hatte. Ob Sommer oder Winter, Sofia hatte immer Ideen für Unternehmungen

Mittlerweile war es Anfang Mai, aber draußen herrschte ein ungemütliches, nasskaltes Wetter. Sofia stand am Wohnzimmerfenster und schaute auf die Straße. Stefano und Luigi wollten doch schon längst wieder hier sein. Wo blieben sie denn? Sie wollten heute Abend alle gemeinsam zu Rosas Eltern, und sie hatten versprochen, zum Mittagessen wieder hier zu sein. Jetzt war es schon drei Uhr nachmittags. Unruhe beschlich sie. Nicht, dass sie von einer konkreten Bedrohung wusste, doch Gefahr gehörte zum Geschäft und die Vorsicht war ihr in Fleisch und Blut übergegangen. Besonders, da es selten vorkam, dass Luigi und Stefano gemeinsame Termine hatten. Ihre Geschäftszweige berührten sich kaum. Sofia beugte sich nach vorne, um die Straße besser übersehen zu können. Doch plötzlich verzog sie schmerzverzerrt das Gesicht. Sie griff sich mit der Hand an die Brust und richtete sich langsam auf. Tief durchatmen, sagte sie zu sich selber. Sie musste jetzt tief durchatmen. Langsam ging sie zum Sofa und setzte sich einen Augenblick. Seit Wochen schon hatte sie immer wieder dieses Stechen in der Brust. Massimo wollte, dass sie zum Arzt ging, doch Sofia weigerte sich. Sie hatte ein altes Familienrezept gegen solche Beschwerden, eine Kräutermischung, die ihr bisher immer geholfen hatte.

„Rosa", rief sie, nachdem sie sich wieder erholt hatte. Sie stand auf und ging ein paar Schritte bis zur Türe. „Rosa, hat Luigi irgendetwas gesagt, dass er später kommen wollte?" In der Küche schepperte es, dann hörte Sofia eilige Schritte. Mama mia, flüsterte sie vor sich hin. So etwas von tolpatschig.

„Nein, er hat nichts gesagt", erklärte Rosa, als sie bei Sofia ankam. Sie war blass und unter den Augen hatte sie tiefe Ringe. „Ich schaue auch schon unentwegt auf die Uhr. Er hat versprochen, früh genug da zu sein, damit wir noch die Geschenke für meine Mutter besorgen können." Rosa Stimme war leise geworden. „Vielleicht ist er noch …", begann sie einen Satz, wurde jedoch von lautem Kindergeheul in der Küche unterbrochen. „Scusa, ich muss nach der Kleinen sehen", sagte sie und lief in die Küche. Sofia schaute ihr kopfschüttelnd hinterher.

Im Großen und Ganzen entsprach Rosa dem Bild, das sich

Sofia bei der Hochzeit von ihr gemacht hatte. Sie war hübsch, sie war fleißig und sie war verschwiegen, wenn es um die Geschäfte von Luigi ging. Sie stellte sich nur in den letzten Jahre immer ungeschickter im Haushalt an. Sicher, sie konnte kochen, recht gut sogar, aber man musste immer damit rechnen, dass ein oder zwei Teller zu Bruch gingen, wenn sie in der Küche herumwirtschaftete. Sofia verachtete diese Ungeschicklichkeit, dennoch war sie froh, wenn ihre Schwiegertochter mit den Kindern bei ihr war. Besonders der fünfjährige Giovanni hatte es Sofia angetan, er erinnerte sie an Stefano als er klein war: Dieselben Augen und derselbe Blick, sogar das charmante Verhalten schien er von seinem Vater geerbt zu haben. Seine kleine Schwester Carla konnte die gesamte Familie mühelos unterhalten, wenn sie aufgeregt erzählte, wie sie mit ihrer Oma im Zoo war, und was sie für merkwürdige Tiere dort entdeckt hatte: Pferde mit weiß-schwarzen Streifen und echte Elefanten. Oftmals war auch Marco mit von der Partie. Er war mit seinen neun Jahren der älteste, und wenn er seine Schulaufgaben erledigt hatte, dann kümmerte er sich manchmal sehr lieb um die beiden jüngeren: Geduldig hörte er sich Carlas Geschichten an oder reparierte Giovannis kaputte Spielzeugautos.

Sofia seufzte und stand auf. Die Stiche hatten sich langsam wieder beruhigt. Manchmal tauchten sie nur ganz kurz auf und verschwanden von selbst wieder. Dennoch würde sie sich einen Kräutermix machen.

„Nonna“, begrüßte Giovanni Sofia, als sie in die Küche kam. Es war das italienische Wort für Oma und obwohl er genauso gut Deutsch wie Italienisch konnte, benutzte er meist den italienischen Kosenamen. Er kam ihr entgegen und Sofia breitete die Arme aus, um ihn aufzufangen. Sein Gesicht war über und über mit Schokolade beschmiert und auch sein T-Shirt wies schon verdächtig dunkle Flecken auf.

„Giovanni, du Dreckspatz. Was hast du gemacht? Komm mit mir! Wir wollen mal das Gesicht waschen.“ Sie lächelte ihren Enkel auffordernd an und er gab ihr bereitwillig seine klebrige Hand.

„Mama macht Kuchen und ich probiere. Ich bin ihr Helfer, hat sie gesagt!“ Selbstsicher streckte er die schmale Brust nach vorne und zog Sofia zum Tisch. „Hier ist warme Schokolade. Kommt auf den Kuchen.“ Er steckte den Finger in die braune Masse und schleckte ihn kurz darauf genüsslich ab. Sofia versetzte ihm einen kleinen Klaps.

„Nicht mit dem Finger ins Essen, Giovanni, wie oft soll ich dir das noch sagen.“ Sie schaute ihren Enkel böse an und drohte ihm mit dem Finger.

„Nicht mit dem Finger ins Essen“, kam es in dem Moment von einer zarten Kinderstimme neben dem Tisch. Giovannis kleine Schwester Carla zog sich an einem Stuhl hoch und äffte Sofia nach. Über ihr schmales Gesicht zog sich ein breites Grinsen und die großen braunen Augen blickten neugierig um sich. Carla machte einen Schritt auf Sofia zu, und schon lag sie auf dem Boden. Sie verzog das Gesicht und wollte losweinen, doch weil Sofia sie nicht weiter beachtete, entschied sie sich, lieber nicht zu heulen. Sie kniff Sofia ins Bein und quietschte aufgedreht: „Pieks, pieks". Sofia verdrehte gespielt die Augen.

„Diese Kinder", seufzte sie in Rosas Richtung und stellte sich neben sie. „Kommst du zurecht?" Rosa hatte den Kuchenteig bereits in eine Form gegeben und drehte sich nervös zu Sofia um. „Ja, ja", versicherte sie eilig. „Geh du nur mit Giovanni Hände waschen." Sie warf ihrem Sohn einen prüfenden Blick zu und fügte hinzu: „Er hat es schwer nötig." Sofia nickte und ging mit Giovanni ins Badezimmer. Warum war Rosa nur immer so unsicher, wenn sie in der Nähe war, überlegte sie. Meistens ließ sie erst recht irgendein Glas fallen, sobald Sofia in der Nähe war, oder sie schaffte es, das Fleisch anbrennen zu lassen. Sofia verstand das nicht. Dabei hatte Rosa am Anfang so bereitwillig alles in sich aufgesogen, was Sofia ihr beigebracht hatte. Alle Lieblingsrezepte von Luigi hatte sie sich sorgfältig in einem kleinen Buch notiert und versucht es genauso zu machen, wie ihre Schwiegermutter. Das ging allerdings ziemlich daneben und Rosa stellte sich immer ungeschickter an. Sofia versuchte, ihr Schritt für Schritt alles noch einmal zu erklären, doch Rosa sah jedesmal so unglücklich aus, dass Sofia es irgendwann sein ließ. Dann musste sie Luigi eben zum Essen zu sich einladen, damit er hin und wieder seine Lieblingsgerichte bekam. Insgeheim war sie manchmal ganz schön genervt von Rosas Unzulänglichkeiten. Wie sollte Sofia auch verstehen, dass ihre strenge Art und ihre Perfektion im Haushalt andere Frauen erdrückte? Ohne es zu wissen, war sie genau die Art von Schwiegermutter, vor der sich jede Frau nur fürchten konnte: Sie hatte ihre Söhne verwöhnt und damit Maßstäbe geschaffen, an die kaum eine Ehefrau heranreichte. Wenn ein Gericht nicht genauso schmeckte wie bei Mama, dann hatte die Frau schon verloren.

Als sie wieder in die Küche kam, hatte Rosa den Kuchen im Ofen. Gott sei Dank, dachte Sofia. Da kann jetzt nicht mehr so viel schief gehen. Sie warf einen Blick auf die Küchenuhr. Gleich vier Uhr nachmittags, und von Stefano immer noch keine Spur. Sie überlegte, ob sie in die Pizzeria gehen sollte, um Massimo zu fragen, ob er etwas wüsste. Nein, sie schüttelte den Kopf. Es hatte keinen Sinn ihn wegen so etwas zu stören. Er würde nichts Ungewöhnliches darin sehen, dass Stefano und Luigi nicht zur vereinbarten Zeit nach Hause kamen. Sofia seufzte. Sie konnte einfach nicht aufhören, sich Sorgen zu machen. Auch wenn Stefano und Luigi inzwischen erwachsen waren, blieben sie ihre Söhne.

Die Klingel unterbrach ihre Gedanken und sie beeilte sich, die Wohnungstür aufzumachen. Draußen stand Marco mit seinem Schulranzen. „Wir hatten heute Turnen, deshalb hat es länger gedauert“, sprudelte er los und stürmte an Sofia vorbei. „Mama weiß Bescheid.“ Sofia schloss die Tür und folgte ihrem Enkel schmunzelnd. Er war wirklich süß, wenn er so auf wichtig und erwachsen machte.

Als sie die Küche betrat, beugte sich Rosa gerade zu Marco, um ihm einen Kuss zu geben. „Na, mein Großer", begrüßte sie ihn liebevoll. „Wie war es heute in der Schule?" „Toll!", kam es kurz angebunden von Marco. „Toll?", wiederholte Rosa und ihre Augen schauten amüsiert. „Was ist denn daran toll?" „Es ist toll, endlich auf die Realschule zu gehen. Wir haben richtige Bücher und lesen schöne Geschichten. Und vor den Sommerferien machen wir ein Theaterstück. Es heißt ..., hab ich vergessen ... Aber auf jeden Fall führen wir es auf und ihr könnt alle gucken kommen." Rosa drückte ihn fest an sich. „Ich komme ganz sicher", lachte sie.

Merkwürdig, dachte Sofia, und setzte sich an den Küchentisch, wo der kleine Giovanni eifrig damit beschäftigt war, ein Bild zu malen. Mit Kindern war Rosa immer ganz selbstsicher und sie war wirklich eine geduldige Mutter. Nur wenn Sofia in der Nähe war, verlor sie schnell die Nerven.

Nachdem Rosa Marco etwas zu essen warm gemacht hatte, setzte sie sich zu Sofia an den Tisch. Sie stützte die Ellbogen auf der Platte ab.

„Mama", fing sie vorsichtig an. „Ich wollte eigentlich nicht mit dir darüber reden, aber ..." Sie stockte und knetete nervös ein Taschentuch in ihrer Hand. „Aber ich glaube, wir müssen etwas unternehmen! Ich meine, ich mache mir wirklich Sorgen." Sofia betrachtete Rosas Gesicht. Sie hatte die wilden Locken zu einem Pferdeschwanz zusammengebunden, dadurch wirkten ihre Gesichtszüge noch schmaler.

„Nicht hier!", zischte Sofia geistesgegenwärtig und zeigte

auf die Kinder. Sie mussten schließlich nicht mitbekommen, dass ihre Mutter Angst hatte. Sie bat Rosa, ihr zu folgen. Sie ging in den Flur und zog Rosa zu sich. „Warum machst du dir solche Sorgen? Dein Mann hat einen gefährlichen Job, va bene. Aber das ist nicht erst seit heute so." Sofia atmete tief durch. Es war schwer, Rosa einen Vorwurf zu machen, wenn sie selbst voller Unruhe war.

„Nein, diesen Job hat er schon immer", entgegnete Rosa mit einer ungewöhnlich ruhigen Stimme. „Aber erst seit ein paar Tagen weiß ich, dass Luigi bedroht wird. Er hat es mir gestanden. Und ich habe ein ungutes Gefühl ..." Rosa stand auf und ging nervös im Zimmer auf und ab. Dann beugte sie sich wieder zu Sofia. „Ich habe das Gefühl, dass dieser Termin heute irgendetwas mit diesen Drohungen zu tun hat und das macht mir Angst." Sofia erstarrte. Ihr Atem ging schneller und ihre Hände zitterten leicht. Luigi wurde bedroht! Vor ihrem geistigen Auge sah sie Bilder der Vergangenheit auftauchen, sie erinnerte sich an jene Nacht, in der Massimo mit seinen Feinden aufgeräumt hatte, an die Angst Anna-Marias um ihren Sohn. Sofia atmete schwer. Stefano! Luigi! Wenn den beiden etwas passieren sollte ...

Nach einer Weile löste sich Sofia aus ihrer Erstarrung und ging wieder in die Küche. Sie setzte Wasser für einen Tee auf. Tee beruhigt, sagte sie zu sich selber, so als wolle sie mit diesen alltäglichen Handgriffen die schreckliche Nachricht verdrängen. Mechanisch öffnete sie den Küchenschrank, um zwei Tassen herauszuholen.

„Kann ich ein Stück Schokolade haben?“ Marco stand plötzlich neben ihr und warf ihr einen flehenden Blick zu. Sofia schüttelte den Kopf und sah ihren Enkel nachdenklich an.

„Nein, Marco, später vielleicht. Jetzt musst du deiner Nonna einen Gefallen tun: Geh bitte mit Giovanni ins Wohnzimmer und spiele ein wenig mit ihm. Wir müssen hier etwas besprechen und du musst uns jetzt helfen, indem du dich um die Kleineren kümmerst.“ Marco nickte und reckte sich in Höhe. Er hatte ganz offensichtlich das Gefühl, mit einer wichtigen Aufgabe betraut zu sein und schob seinen Bruder und Carla unsanft aus der Küche.

„So, und nun erzähle, alles der Reihe nach!“, forderte Sofia ihre Schwiegertochter ungeduldig auf, nachdem die Kinder die Küche verlassen hatten.

„Es geht schon seit längerem so. Luigi ist unruhig, er ist mit den Gedanken ständig woanders und oft gereizt. Letztens hat er Marco angebrüllt, dass er nicht alleine in den Kommunionsunterricht gehen sollte.“ Rosa stieß die Worte hervor wie ein Wasserfall und trommelte nervös mit den Fingern auf die Tischplatte. „Dabei geht er die paar Schritte immer allein! Na ja, jedenfalls habe ich ihn zur Rede gestellt. Ich habe so lange gefragt und auf ihn eingeredet, bis er mir gesagt hat, dass er von einem Konkurrenten bedroht wird.“ Sie schluckte und schaute sich um, als ob sie sich versichern wollte, dass Luigi nicht hinter ihr stünde. „Er hat gesagt, ich solle dir nichts erzählen. Er würde es regeln. Heute morgen sagte er mir dann, ich bräuchte mir in Zukunft keine Sorgen mehr zu machen, und dass er zum Mittagessen wieder da sei. Dann kam Stefano und die beiden sind ohne ein weiteres Wort verschwunden.“ Rosas Augen füllten sich mit Tränen. Sie liebte ihren Mann über alles und der bloße Gedanke daran, dass ihm ein Leid geschehen konnte, ließ sie erschauern.

Sofia hatte genug gehört. Sie starrte einen Augenblick regungslos vor sich auf die Tischplatte, dann schob sie ihren Stuhl mit einem Ruck zurück. Sie würde in die Pizzeria gehen und mit Massimo sprechen. Er war der einzige, der Licht in die Sache bringen konnte.

Sofia zog sich den leichten Wollmantel an und machte sich auf den Weg in die Pizzeria. Sie fröstelte trotz des warmen Stoffes. Irgendetwas läuft schief, dachte sie unentwegt, und in ihrem Kopf arbeitete es fieberhaft. Ob es mit der neuen Situation in Berlin zu tun hatte? Seit der Maueröffnung hatte sich viel verändert. Normalerweise interessierte Sofia sich nicht für diese Dinge. Diese ganze Wiedervereinigung hatte nichts mit ihr zu tun, fand sie. Es war ja auch nicht ihre Geschichte und sie hatte sowieso nie verstanden, wie man eine Stadt einfach teilen konnte. Aber sie hatte Massimo häufig etwas davon reden hören, dass seit der Öffnung eine Menge neuer Leute in der Stadt wären und er sein Revier sichern musste. Sofia blieb kurz stehen, um tief Luft zu holen. Da war es wieder, dieses Stechen. Langsam ging sie weiter.

Letztens hatte Massimo sogar einen Artikel vorgelesen, in

dem von einer sogenannten Russenmafia die Rede war. Sofia hatte damals nur verächtlich gelacht. Was wussten die Russen schon von der Mafia? Sofia schüttelte den Kopf. Als sie bei der Pizzeria ankam, wollte sie eilig die Türe aufstoßen, doch es war abgeschlossen. Was hatte das zu bedeuten? Normalerweise war das Restaurant am Nachmittag immer geöffnet. Sie klopfte heftig und rief Massimos Namen. Nach einer Weile drehte sich der Schlüssel im Schloss. Sofia schüttelte den Kopf. Was um alles in der Welt ging hier vor? Massimo steckte seinen Kopf durch die Tür und schaute seine Frau erstaunt an. „Sofia?!" Er zog sie hastig in das Lokal. „Was machst du hier? Wieso bist du nicht zu Hause? Bei Rosa und den Kindern?" Massimo schüttelte verständnislos den Kopf. Sofia sagte nichts und ließ ihren Kopf auf seine Schultern sinken. Er führte sie in den Gastraum und Sofia schaute sich um. Ihr Blick blieb an einem der Tische hängen. Das durfte doch nicht wahr sein. Da saßen Luigi und Stefano und lächelten ihr unschuldig entgegen. Sofia befreite sich aus der Umarmung ihres Mannes und eilte zu ihren Söhnen.

„Dio, guter Gott, wo wart ihr denn?" Sie küsste die beiden rau aber herzlich auf die Wange und umarmte sie fest. „Rosa ist sehr verängstigt – ganz zu schweigen von mir. Was soll das? Du hättest anrufen können!" Sie blickte Luigi kopfschüttelnd an. „Avanti, dann mach es wenigstens jetzt. Ruf sie an!"

„Ich will jetzt wissen, was hier gespielt wird", forderte sie nachdrücklich, sobald Luigi das Telefonat erledigt hatte.

„Ich habe in meinem Leben schon so viel erlebt und mitgemacht, und außerdem kann ich mir das meiste doch sowieso denken."

„Was kannst du dir denken?" Massimo betrachtete seine Frau mit zusammengekniffenen Augen. Manchmal überraschte ihn Sofias Wissen, doch andererseits hatte sie als seine Frau tatsächlich schon eine Menge erfahren. Sofia schwieg. „Was weißt du?", hakte Massimo noch einmal nach. Sofia lächelte ihn geheimnisvoll an und schilderte ihre Vermutungen.

In den meisten Dingen lag sie richtig, zumindest im Groben. Massimo bestätigte, dass derzeit viele neue Syndikate nach Berlin drängten und versuchten hier Fuß zu fassen. Besonders das Drogengeschäft wurde immer härter, und irgendein dubioser Neueinsteiger versuchte Luigi mit allen Mitteln aus dem Geschäft zu drängen. Es hatte schon Tote gegeben und Überfälle, bei denen Kunden von Luigi eingeschüchtert wurden. Sie mussten ihn stoppen, sonst würde das Ganze in einer Katastrophe enden.

„Also, sind wir tatsächlich alle in Gefahr?" Sofia war aufgestanden und ging nachdenklich im Zimmer auf und ab.

„Wir wissen nicht, wie groß die Gefahr für die Familie wirklich ist", erklärte Massimo und ging zu seiner Frau. Er legte ihr die Hände auf die Schultern und schaute ihr tief in die Augen. „Aber solange dieser Konkurrenzkampf existiert, müssen wir vorsichtig sein." Sofia straffte ihre Schultern. Auf sie konnte Massimo sich verlassen. Sie würde alles tun, was in ihrer Macht stand, um die Familie zu schützen.

Es wurde beschlossen, dass Rosa nur oberflächlich informiert werden sollten. Drogenhandel war nichts, was man gerne an die große Glocke hing. Luigi würde ihr gegenüber lediglich erwähnen, dass ein Geschäft nicht geklappt hatte und einige Leute deswegen sauer waren. „Sie wird schon verstehen, dass es besser ist, eine Zeit lang nicht alleine aus dem Haus zu gehen und gut auf die Kinder aufzupassen", erklärte Massimo entschieden. Sofia stimmte ihm zu. Sie selbst würde tagsüber ein Auge auf Rosa und die Kinder haben und aufpassen, dass niemand alleine das Haus verließ.

„So, und jetzt geh nach Hause", forderte Sofia Luigi auf, als sie die letzten Absprachen getroffen hatten. „Deine Frau wartet sicher schon auf dich."

„Na, geh schon, Bruderherz", warf Stefano lachend ein und klopfte Luigi jovial auf die Schulter. „Am heimischen Herd ist es doch am schönsten."

„Ach, du hast immer gut reden", wehrte sich Luigi, stand jedoch bereitwillig auf. Dann schaute er Stefano mit zusammengekniffenen Augen an. „Komm doch mit zu uns. Die Kinder freuen sich …"

„Nein danke!" Stefano hob abwehrend die Hände. Dann hob er vielsagend eine Augenbraue und schaute seinen Bruder verschwörerisch an. „Außerdem habe ich noch eine Verabredung." Er lachte über das ganze Gesicht und Sofia schüttelte den Kopf. Er war ein Filou. Wer konnte wissen, wie vielen Frauen er schon das Herz gebrochen hatte? Sie winkte ihre Söhne zu sich heran, damit sie ihr einen Kuss geben konnten, und blieb dann alleine mit Massimo.

„In den letzten Jahren hat sich viel verändert", sagte sie nachdenklich. „Alles wird irgendwie härter, gefährlicher, einfach brutaler ..."

„Nein, Sofia", wendete Massimo ein. „Es war immer brutal. Es gibt nur weniger Grenzen oder Tabus. Es ist unübersichtlicher geworden. Niemand weiß mehr Bescheid, es gibt keine Absprachen, keine klaren Grenzen." Er schaute eine Weile vor sich hin. „Und wir sind älter geworden, cara Sofia." Sie blickte auf und lächelte. Nein, Massimo war nicht wirklich älter geworden. Er hatte immer noch dasselbe Feuer in den Augen wie früher, und wenn es darum ging, seine Macht durchzusetzen, brachte er dieselbe Energie auf, die er immer aufgebracht hatte. Dennoch konnte Sofia nicht vermeiden, dass sie eine leichte Traurigkeit überkam. Sie konnte nicht genau sagen, warum. Vielleicht, weil sie spürte, dass die alte Zeit unwiderruflich vorbei war. Ein neuer Lebensabschnitt mit vollkommen neuen Gesetzen war angebrochen.

12

„Mama hat gesagt, ich darf jetzt öfter so einen Anzug tragen, und dass er genauso aussieht wie der von Papa. Und alle kommen in die Kirche um zu gucken, wie ich das Brot esse und bete …“

„Die Hostie, du meinst, du wirst die Hostie essen“, unterbrach Sofia ihren Enkel Marco und schmunzelte über seine kindliche Vorfreude auf die Kommunion. Sie war gerade dabei, seinen Anzug für das große Fest abzustecken. Die Hose musste gekürzt werden und die Jackenärmel waren auch eine Spur zu lang.

„Meine ich doch“, entgegnete Sofias Enkel unwirsch. „Jedenfalls hat der Lehrer in Religion gesagt, dass ich ein guter Schüler bin. Er hat gefragt, wer mir denn immer die Bibel vorgelesen hat und ich habe gesagt: Meine Oma, und …“

„So, jetzt halt mal still, du kleiner Zappelphilipp, sonst wirst du keine passenden Hosen haben, wenn du am Sonntag zur Kommunion gehst“, forderte Sofia streng und steckte die letzten Reste des Hosensaums um. Es stimmte: Sie hatte in den letzten Jahren mit Marco die Bibel gelesen. Es waren schöne Stunden gewesen, fand Sofia. Marco hatte tausend Fragen auf den Lippen und seine Lieblingsgeschichten musste Sofia ihm immer und immer wieder vorlesen.

„Oma, darf ich denn heute nach dem Kommunionsunterricht noch mit den anderen Jungs spielen? Ich bin der einzige, der immer direkt nach Hause muss …"

„Marco, wie oft soll ich dir noch erklären, dass das nicht geht? Es ist zu gefährlich. Das hast du doch begriffen. Also sei ein braver Junge und spiele mit Giovanni!" Nachdem Sofia von Massimo wusste, dass sie in Gefahr waren, hatte sie sofort angeordnet, dass Marco nicht mehr alleine das Haus verlassen durfte, und sie wachte mit viel Strenge über die Einhaltung dieser Regel.

„Aber Giovanni ist noch so klein", maulte Marco. Er zog eine Schnute und sein Gesicht sah richtig unglücklich aus. Sofia setzte sich auf das Sofa und zog Marco neben sich.

„In ein paar Wochen ist es vorbei, dann kannst du wieder raus, va bene?" Sofia schaute ihren Enkel mit einem strengen Gesichtsausdruck an. Die letzten Wochen waren für niemanden leicht gewesen, aber Marco hatte besonders darunter gelitten, nicht rausgehen zu dürfen. Trotzdem: Er musste lernen, auch solche Zeiten zu ertragen und zu gehorchen.

„Sieh mal, jetzt bist du schon ein richtig großer Junge, fast ein Mann. Und weil dein Vater, Onkel Stefano und dein Großvater den ganzen Tag weg sind, bist du der Einzige, der auf die Frauen aufpassen kann …"

„Aber da sind doch immer die zwei Typen, die mich von der Schule abholen. Sie sind doch Aufpasser!"

„Schon, aber sie gehören nicht zur Familie. Und das Gesetz sagt: Es muss immer einer von der Familie auf die Frauen aufpassen." Sofia schaute ihren Enkel erwartungsvoll an. Er saß mit gerunzelter Stirn auf dem Sofa und man konnte förmlich spüren, wie es in seinem Kopf arbeitete. Nach einer Weile stand er auf und blickte Sofia an.

„Ich verstehe, Oma", stieß er zögernd hervor. Er schaute Sofia mit ernstem Blick an. „Ich werde mich beeilen nach dem Kommunionsunterricht." Er reckte sich und sah in dem Anzug und mit den ordentlich zurückgekämmten dunklen Locken wirklich aus wie ein kleiner Mann. Sofia strich ihm lächelnd über die Wange. Wie einfach es war, die Kinder dazu zu bringen, brav zu sein. Warum Rosa nur so oft klagte, dass sie nicht wüsste, wie sie ihren Kindern die vielen Fragen beantworten sollte: Warum der Papa immer abends weg musste, warum immer noch andere Leute um sie herum waren, die gar nicht zur Familie gehörten, warum sie in Deutschland lebten und nicht in Italien ... Oft schickte die entnervte Mutter ihre Kinder zu Sofia, denn sie hatte immer irgendeine Antwort parat.

Marco wurde von den zwei Männern zum Kommunionsunterricht gebracht, die zum Schutz der Familie abgestellt waren. Kurz nachdem er weg war, klingelte es an der Tür. Sofia öffnete. Draußen stand Rosa. Sie war blass und zitterte am ganzen Körper, in der Hand hielt sie ein zerknülltes Stück Papier. Sofia warf einen kurzen Blick ins Treppenhaus, um zu sehen, ob irgendjemand sie beobachtete und zog Rosa in die Wohnung.

„Was ist los?" Sofias Augen blickten streng und sie führte Rosa in die Küche. „Nimm Platz. Ich werde uns einen Tee kochen!" Sofia setzte Wasser auf und bereitete einen Tee vor. Ab und zu warf sie ihrer Schwiegertochter einen Blick zu. Sie saß aufgelöst am Küchentisch, ihre Hände fuhren unruhig hin und her. Wenigstens schien das Zittern nachzulassen, dachte Sofia. Als der Tee fertig war, setzte sie sich zu ihr. Ganz behutsam nahm sie ihr das Papier aus der Hand und strich es glatt. „Es ist an der Zeit, dass du deinem Mann klar machst, dass er sich aus dem Geschäft zurückzieht. Er weiß, worum es geht: Die Zeit der Monettis ist vorbei. Und sei überzeugt, andernfalls nehmen wir uns deine Kinder."

Sofia biss die Zähne aufeinander. Sie musste sich beherrschen, um nicht mit der Faust auf den Tisch zu hauen. Was sollte das? Warum schickten sie neuerdings diese Briefe? Das war eine ganz neue Methode, Psychoterror, um die Familie mürbe zu machen. Sie atmete tief durch. Ruhig bleiben, Sofia, nur die Ruhe bewahren. Mit zittriger Hand strich sie das Papier glatt.

„Ich habe Angst", stieß Rosa tonlos hervor. Sie blickte Sofia mit einem stumpfen Blick an. „Ich bin nicht so stark wie du. Ich kann nicht mehr! Ich kann einfach nicht mehr!" Sie nahm einen Schluck aus ihrer Tasse und stellte sie langsam vor sich auf den Tisch. Sofia betrachtete ihre Schwiegertochter nachdenklich. Wie konnte Rosa sich nur so gehen lassen?, dachte sie mißbilligend und schüttelte unmerklich den Kopf.

„Du hast einen Mafioso geheiratet und du wusstest, was das bedeutet", erklärte sie entschieden. „Dein Mann braucht dich! Deine Kinder brauchen dich! Du weißt, dass unsere Männer eine schwere Aufgabe zu erledigen haben! Ohne unsere Unterstützung und unsere bedingungslose Liebe sind sie verloren." Ihre Stimme war unerbittlich. Wie schwach Rosa war. Wie wenig Mut sie besaß. Mit einer Mischung aus Mitleid und Verachtung schaute sie ihre Schwiegertochter an und schenkte ihr heißen Tee nach. „Es ist nicht leicht für dich, doch je mehr du dich einschüchtern lässt, umso größer wird die Chance deiner Feinde. Du musst unangreifbar sein!" Bei Sofias Worten füllten sich Rosas Augen mit Tränen. Oftmals verstand sie ihre Schwiegermutter nicht. Wie konnte ein Mensch nur immer so gefasst, so kühl und berechnend sein?

„Aber wenn sie mir meine Männer nehmen wollen, wie soll ich da gefasst sein?", entgegnete Rosa verzweifelt und ein heftiges Schluchzen ergriff ihren Körper. Ermattet ließ sie ihren Kopf auf die Arme sinken. „Wie kann ich sie schützen?" Rosas Weinen erfüllte den ganzen Raum. Sofia stand auf und schloss die Balkontüre. Dann setzte sie sich wieder an den Küchentisch.

„Du kannst sie schützen, indem du ihnen zeigst, dass du

dich nicht fürchtest. Indem du der ganzen Welt zeigst, dass man deiner Familie nichts anhaben kann." Sofias Stimme wurde immer eindringlicher. „Rosa, nur wer Angst hat, ist in Gefahr."

Nach einer Weile ebbte das Schluchzen langsam ab. Sofia führte Rosa ins Badezimmer und wusch ihr das Gesicht ab. Sie erschien ihr kraftlos und unbedarft, wie ein kleines Kind.

„Sofia, wie kannst du das nur?", fragte Rosa heiser. „Wie hast du das all die Jahre gekonnt? Immer in Angst um deinen Mann und um deine Söhne?" Rosa ließ sich erschöpft auf den Rand der Badewanne sinken und schüttelte verständnislos den Kopf. Sofias Mundwinkel zogen sich nach unten. Sie dachte an ihre Mutter und an ihre Schwester, sie dachte an die langen Nächte, in denen sie wach gelegen und sich gefürchtet hatte …

„Ich bin durch eine harte Schule gegangen, Rosa. Und es gab auch in meinem Leben Zeiten, in denen ich Angst hatte. Auch heute fürchte ich mich noch manchmal, doch niemals zeige ich das meinen Gegnern, niemals!" Sofias Gesichtsausdruck verhärtete sich, ihre Wangenknochen traten hervor und ihr Blick wurde kalt. „Wir sind eine sehr angesehene Familie und wir sind stark! Das musst du dir immer wieder sagen, Rosa. Das hilft, wenn man Angst hat." Sofia hielt sich am Rand des Waschbeckens fest und blickte in den Spiegel. Sie sah in ein gefasstes und entschlossenes Gesicht. Ihre Haare waren streng nach hinten gekämmt und zu einem Dutt zusammengebunden. Ihr Mund war immer noch voll, aber der Zug darum war bitter. Ihre grünen Augen blitzten kämpferisch, plötzlich huschte ein Lächeln über ihr Gesicht. „Und außerdem", fuhr sie fort. „Schau mich an: Mein Mann und meine Söhne, alle sind sie gesund! Mein Glaube war immer stark genug." Rosa stand auf und ging zur Türe. Bevor sie hinausging, drehte sie sich noch einmal um. „Ich will es versuchen, Sofia. Ich will versuchen, meine Furcht zu bekämpfen."

Am Nachmittag ging Sofia in die Pizzeria. Das Gespräch mit Rosa ging ihr nicht aus dem Kopf. Die Situation musste sich entspannen! So konnte es nicht weiter gehen. Rosa war zu schwach, um mit der Situation klarzukommen. Auch Sofia machte sich Sorgen um ihre Familie, aber sie hatte die Pflicht, den Überblick zu behalten. Diese Drohungen mussten aufhören! Als die Tür der Pizzeria aufstieß, saß Luigi gerade mit Massimo am Tisch. Die beiden steckten die Köpfe zusammen und waren so sehr ins Gespräch vertieft, dass sie gar nicht bemerkten, wie Sofia sich näherte.

„Kann ich euch stören?", fragte sie mit lauter Stimme, als sie kurz hinter ihnen stand. Zwei erstaunte Augenpaare blickten sie an. „Hallo Sofia", begrüßte Massimo seine Frau und stand auf, um ihr einen Stuhl zu holen. „Du störst nicht! Wir sind dabei, einen Plan zu entwerfen."

„Genau darüber wollte ich auch mit euch sprechen!" Die beiden Männer wechselten einen kurzen Blick. Sofia schaute sie mit besorgtem Gesichtsausdruck an. Sie wusste, dass

Massimo es nicht mochte, wenn sie sich so offensichtlich in die Geschäfte mischte, doch heute blieb ihr keine andere Wahl. „Luigi", wandte sie sich an ihren Sohn und setzte sich. „Rosa ist mit ihren Nerven vollkommen am Ende. Sie hat Angst und sie ist unsicher! Das ist keine gute Voraussetzung, um ihre Familie zu schützen. Ihr kennt die Leute, die den Ärger machen, wieso kann man sie nicht ausschalten?" Sie fuhr mit der flachen Hand durch die Luft um ihre Worte zu unterstreichen.

„Mama, genau darüber sprechen wir", entgegnete Luigi bemüht ruhig. Er hatte Rosas Veränderung auch bemerkt. Aber manchmal stellte sich seine Mutter die Dinge zu einfach vor. Er betrachtete sie nachdenklich. Vor Jahren hatte er ihr gesagt, dass Deutschland nicht Sizilien sei, aber sie hielt mit einer unglaublichen Starrsinnigkeit an den alten Vorstellungen fest. „Diese Organisationen sind nicht so wie wir", erklärte er. „Da geht es nicht um Ehre oder um Regeln. Es geht einzig und alleine ums Geld!"

„Diese Leute sind nicht so einfach auszuschalten", mischte Massimo sich ein. „Ihre Organisation ist unübersichtlich, nie weiß man, wer gerade der Boss ist. Dauernd wechselt alles und immer kommen neue Leute nach." Er machte eine Pause und blickte seine Frau nachdenklich an. „Wir werden trotzdem versuchen, dem Ganzen ein Ende setzen. Bleib am Samstag mit Rosa und den Kindern im Haus. Danach könnt ihr wieder ruhig schlafen, weil es dann die anderen sein werden, die vor uns zittern."

„Was wollt ihr tun?“, fragte Sofia, doch Massimo schüttelte den Kopf.

„No, Sofia. Du musst nichts Genaues wissen“, ergriff Massimo das Wort. „Halte dich an meine Anweisungen, so wie du es immer getan hast. Und am Sonntag feiern wir alle zusammen die Kommunion von Marco.“ Er lächelte warmherzig bei dem Gedanken an seinen Enkel. In einem Moment war er ein eiskalter Verbrecher und im nächsten ein liebender Großvater.

„Aber ihr werdet nicht selbst ...“, wagte Sofia einen letzten Einwurf, wurde jedoch von Massimo jäh unterbrochen.

„Nein, wir werden es nicht selber tun“, erklärte er unwillig und sein Gesicht verhärtete sich wieder. Er hatte genug gesagt, das musste auch Sofia einsehen. „Wir schicken zuverlässige Leute, doch zur Überwachung der ganzen Angelegenheit müssen Stefano und Luigi mitgehen. Es ist bald vorbei, Sofia. Aber bis dahin zählen wir auf dich. Du bist die Einzige, die auf Rosa und die Kinder aufpassen kann. Du hast noch immer durchgehalten.“ Sofia atmete tief durch. Ja, sie hatte immer durchgehalten. Das Leben hatte sie stark gemacht, und wenn Massimo wollte, dass sie auf die Familie aufpasste, dann würde sie das tun.

„Du kannst dich auf mich verlassen, Massimo!“, erwiderte sie entschlossen und drehte sich zur Türe. Doch bevor sie ging, wandte sie sich noch einmal an Luigi. „Trotzdem: Sei bitte vorsichtig und pass mir auch auf Stefano auf.“

Bis zum Wochenende waren die Frauen vollauf damit beschäftigt, die Vorbereitungen für die Kommunion zu treffen. Über die Drohbriefe wurde kein Wort mehr verloren. „Die Männer werden es regeln“, hatte sie einzig zu Rosa gesagt. „Du musst Vertrauen haben, und wie gewohnt deine Pflichten erfüllen“. Marco nahm seine Aufgabe als Beschützer sehr ernst und wich seiner Mutter und Sofia kaum noch von der Seite. Auch seine jüngeren Geschwister waren nicht mehr vor ihm sicher. Ständig schaute er nach ihnen und kontrollierte vom Fenster aus, ob sich auch keine Angreifer näherten. Sofia ließ ihn machen. So war er beschäftigt und dachte nicht mehr die ganze Zeit darüber nach, dass er lieber bei seinen Freunden auf der Straße wäre.

Der Samstag verlief ruhig. Die Männer gingen früh aus dem Haus und erklärten, dass sie am Abend erst spät zurückkommen würden. Nach außen hin war alles so wie immer, nur Sofia wusste Bescheid. Den ganzen Tag über versuchte sie sich abzulenken. Sie backte Kuchen, bereitete das prachtvolle Mittagessen für den nächsten Tag vor und fragte Marco für die heilige Kommunion ab. Beim Abendessen erzählte er die ganze Zeit von seinem großen Fest. Sofia hörte kaum zu und sagte nur hin und wieder etwas. Sie war froh, dass niemand auf sie achtete. Sonst hätte man bemerken können, dass sie immer unruhiger wurde, je mehr der Abend voranschritt. Sie aß kaum etwas und stand ständig vom Tisch auf, um irgendetwas zu holen, was sie dann doch nicht brauchte. Als sie dann endlich den Tisch abräumte, hörte sie den Schlüssel in der Tür. Sie musste sich zusammenreißen, um nicht ungeduldig loszulaufen. So wischte sie sich die Hände an der Schürze ab und ging langsam in den Flur.

Massimo kam ihr entgegen. Kurz hinter ihm gingen Stefano und Luigi. Für eine Sekunde schloss Sofia die Augen. „Grazie a Dio!“, flüsterte sie und begrüßte ihren Mann mit einem Kuss. Sie schaute ihm fragend in die Augen. Er nickte nur kurz, denn Rosa war hinter Sofia auf den Flur getreten und er wollte nicht, dass sie etwas hörte. Aber Sofia verstand ihn auch ohne Worte. Es war erledigt. Mehr brauchte sie für den Augenblick nicht zu wissen. Erst viel später, als sie am Abend alleine in ihrem Zimmer waren, fragte Sofia noch einmal vorsichtig nach. Massimo seufzte.

„Ich habe es immer gehasst, dich anzulügen, Sofia. Die Hintermänner sind ausgeschaltet, si ...“ Er ging zum Fenster und starrte nachdenklich in die dunkle Nacht hinaus. „Wir haben sie alle erledigt. Alle, bis auf einen!“

Am nächsten Morgen hatte sich die gesamte Familie Monetti bei Sofia in der Küche versammelt. Sie saßen an dem großen Holztisch und redeten über die Kommunion und erinnerten sich daran, wie dieses Fest bei ihnen selbst gewesen war. Sofia stand am Herd und kochte gedankenverloren einen Kakao für die Kinder. Alle bis auf einen ..., pochte es seit Stunden in ihrem Kopf. Bis auf einen! Massimo hatte ihr versichert, dass keine Gefahr mehr bestehe. Das Geschäft ist wieder vollkommen in unserer Hand, hatte er selbstbewusst gesagt, bevor er eingeschlafen war. Sofia runzelte die Stirn. Sie wollte ihrem Mann gerne glauben. Was hatte sie Rosa gesagt, man darf keine Schwächen zulassen? Doch diesmal war es schwerer gesagt als getan. So sehr sie sich auch bemühte, sie konnte nicht verhindern, dass ihr Körper zitterte.

„Wenn du so alt bist wie ich, dann kannst du auch zur Kommunion gehen …" Marcos Stimme holte Sofia wieder in die Wirklichkeit zurück. Kopfschüttelnd beobachtete sie, wie er mit belehrender Stimme auf den jüngeren Giovanni einredete. „Jetzt bist du einfach noch viel zu klein", schloss er seine Erklärung und setzte sich an den Tisch. „Ich bin nicht klein", wehrte sich Giovanni. „Ich bin schon fünf Jahre!" Er klang beleidigt und zur Unterstützung seiner Worte zeigte er Marco seine Hand mit fünf Fingern. „Ich auch Kommon", meldete sich die dreijährige Carla zu Wort, die noch Schwierigkeiten hatte, das Wort richtig auszusprechen, aber keine Gelegenheit ausließ, bei den Gesprächen der Jungs mitzumischen.

„So jetzt wird aber erst mal gefrühstückt, damit ihr es überhaupt alle in die Kirche schafft", mischte Sofia sich in das Gespräch ein. Sie goss allen einen heißen Kakao in ihre Tassen und schnitt die Brötchen auf. „Denn nur, wer anständig zu essen bekommt, der wird groß und stark!" Plötzlich stand Rosa auf und ging hinaus. Sofia blickte ihr verwundert hinterher. Niemand außer ihr schien bemerkt zu haben, dass Rosa heute besonders schweigsam gewesen war und schwarze Schatten unter den Augen hatte. Sie folgte ihrer Schwiegertochter, die im Wohnzimmer am Fenster stand. „Alles in Ordnung mit dir?“, wollte Sofia wissen. Rosa nickte, doch ihr unglücklicher Gesichtsausdruck zeugte vom Gegenteil. „Du musst dir keine Sorgen machen …“, begann Sofia. „Ich mache mir aber Sorgen!“, entfuhr es Rosa mit ungewohnter Heftigkeit. Sie drehte sich zu Sofia. „Seit Wochen können ich und meine Kinder uns nicht mehr frei bewegen, weil wir um unser Leben fürchten müssen, und heute Nacht erklärt Luigi seelenruhig, dass alles vorbei ist.“

„Wenn alles vorbei ist, dann kannst du doch erleichtert sein …“, versuchte Sofia einzuwenden, wurde jedoch von Rosa heftig unterbrochen. „Ich könnte, Sofia, ja, aber warum bittet Luigi mich im selben Atemzug, die Kinder in der Kirche keinen Augenblick aus den Augen zu lassen?“ Sofia schluckte. Alle bis auf einen … Da war es wieder, dieses merkwürdige Gefühl in der Magengegend. Reiß dich zusammen!, schalt sie sich selbst und warf Rosa einen zuversichtlichen Blick zu.

„Wenn Luigi sagt, es ist erledigt, dann ist es erledigt! Aber er hat Recht, wenn er dich bittet, aufzupassen. Wir leben nun mal gefährlich, und man kann nie sicher sein, dass eine Gefahr gebannt ist.“ Sie machte eine Pause und suchte nach den richtigen Worten. Merkwürdig. Noch vor wenigen Tagen war es ihr ganz leicht gefallen, Rosa aufzufordern, gegen ihre Angst anzukämpfen. Heute hingegen spürte sie selbst eine permanente Unruhe in sich. Dennoch: Rosa musste endlich verstehen, dass sie mit der Gefahr leben musste. Sie beugte sich zu ihr und zischte: „Unser Leben ist es, auf unsere Kinder aufzupassen und unseren Männern den Rücken freizuhalten!" Sie schaute ihr tief in die Augen. „Hast du mich verstanden? Das ist unser Leben!" Rosa nickte erschöpft.

„Ja, ich habe dich verstanden, ich habe dich auch schon vor einigen Tagen verstanden. Aber noch einmal, Sofia: Ich bin nicht wie du und ich glaube, dass jede normale Frau Angst haben würde. Was du verlangst, ist einfach zuviel." Dann ging Rosa wieder in die Küche zurück. Gegen ihre Schwiegermutter kam sie einfach nicht an.

Wenig später verließen sie alle gemeinsam das Haus und stiegen in ihre Autos. Auch die Männer, die zu ihrer ständigen Bewachung abgestellt waren, fuhren mit in die Kirche. Jede Familie konnte Freunde und Verwandte zu den Feierlichkeiten einladen, sodass zwei Leute mehr oder weniger nicht auffallen würden. Als sie bei der Kirche ankamen, hatten sich schon viele Familien dort versammelt. Die Frauen hatten sich in elegante Kleider gehüllt und die stolzen Väter trugen mindestens Schlips und Jackett. Sie standen beieinander und sprachen über die Neuigkeiten aus dem Viertel, während die Kinder in ihren dunklen Anzügen und den weißen Kleidchen über den Vorplatz rannten. Alle wirkten ziemlich aufgeregt. Auch Marco lief sofort zu seinen Freunden, nachdem seine Eltern den Wagen geparkt hatten. Luigi und Rosa gesellten sich zu Sofia und Massimo, die am Rande des Parkplatzes stehen geblieben waren.

„Er war nicht zu halten“, erklärte Rosa mit einem nervösen Lächeln in Massimos Richtung, doch er winkte ab.

„Lass nur, Rosa, er muss sich ja auch mit den anderen bewegen, und in der Kirche ist sowieso niemand in Gefahr.“ Er warf Luigi einen kurzen Blick zu und fügte hinzu: „Außerdem muss sich euer Sohn ja daran gewöhnen, wieder ganz normal mit seinen Freunden draußen zu spielen.“ Rosa lächelte verkniffen. Sie glaubt ihm kein Wort, dachte Sofia und beobachtete Marco. „Seht nur, wie froh und ausgelassen er heute ist“, bemerkte sie ablenkend. „Er ist ein richtiger kleiner Mann geworden und heute ist ein ganz großer Tag für ihn.“ Marco spielte fröhlich mit den anderen Kindern, seine Wangen waren vom Laufen gerötet und sein lautes Lachen war deutlich zu hören. Sofia bemühte sich, einen zuversichtlichen Eindruck zu machen, doch auch sie wurde ihre Unruhe heute einfach nicht los. Als sie wenig später alle in der Kirche versammelt waren, schaute sie andauernd auf die Uhr und wünschte sich nur eins: Dass sie bald wieder zu Hause wären, in ihrer gewohnten Umgebung, wo mehrere Leibwächter das private Familienfest bewachen würden. Sofia blickte verstohlen zu den anderen. Hoffentlich spürte niemand ihre Nervosität. Es war ja auch nur ein vages Gefühl, das sie gar nicht erklären konnte. Die Orgel erklang und der Pfarrer stimmte einen Psalm an. Sie zwang sich, nach vorne zu schauen und mitzusingen.

Als die Feier vorbei war, blieb Sofia noch einen Augenblick auf der Kirchenbank sitzen. Sie beugte den Kopf über die gefalteten Hände. „Beschütze meine Familie, lieber Gott, und sorge dafür, dass die Gefahr bald vorüber ist." Sie bekreuzigte sich und erhob sich dann langsam, um vor die Kirche zu gehen. Auf dem Vorplatz kam ihr Marco schon aufgeregt entgegengerannt und ergriff ihre Hand. „Ich habe dich schon gesucht, Oma. Wo warst du denn? Hast du noch mit dem Pfarrer gesprochen? Bist du stolz auf mich?" Sofia schmunzelte über den Redefluss ihres Enkels. Wenn er aufgeregt war, konnte er wirklich tausend Fragen stellen, ohne auch nur eine einzige Antwort zu erwarten. Sie folgte Marco zu den anderen. Stefano hatte die kleine Carla auf dem Arm und unterhielt sich mit Massimo. Rosa und Luigi standen dicht beieinander, Giovanni war bei ihnen. Sie schauten Sofia und Marco entgegen. Die beiden Leibwächter standen ein wenig abseits. Was für ein friedliches Bild, dachte Sofia. Mia famiglia!

„Fahrt ihr direkt in die Pizzeria?" Luigi war neben Sofia getreten und schaute seine Mutter fragend an. Sofia bejahte. Sie hatte dem Koch Bescheid gesagt, dass er das Essen fertig haben sollte, wenn sie aus der Kirche kämen, doch wie immer wollte sie selbst den letzten Blick darauf werfen. Luigi wandte sich an Rosa. „Dann fahr du doch mit den Kindern bei Mama mit. Ich will mir etwas Bequemes anziehen, – außerdem habe ich noch ein Geschenk für Marco ..."

„Bekomme ich jetzt die Geschenke?", rief Marco, der die Worte seines Vaters aufmerksam verfolgt hatte. Luigi strich ihm über die Haare. „Später, mein Sohn. Nach dem Essen."

Marcos Augen fingen an zu strahlen. „Was bekomme ich denn?“ „Das werden wir dir doch nicht verraten“, mischte Rosa sich lachend ein und nahm ihren Sohn in den Arm. „Das ist doch eine Überraschung.“ Marco zog einen Schmollmund und lief zu Sofia. „Hast du mir auch etwas geschenkt?“ Sofia beugte sich zu ihm herunter und gab ihm einen Kuss auf die Wange. „Sicher habe ich dir auch etwas geschenkt. Du wirst es sehen. Heute Nachmittag.“ Sie strich ihrem Enkel eine Haarsträhne aus dem Gesicht und dachte an die goldene Uhr, die sie für ihn hatte. Sie gehörte einmal ihrem Großvater! Er hatte sie Sofia zu ihrer Kommunion geschenkt, und nun würde sie die Uhr an ihren Enkel weitergeben.

„Ich fahre dann“, erklärte Luigi und wollte zum Auto gehen, doch Marco hielt seinen Vater fest. „Nimmst du mich mit, Papa? Bitte! Dann können wir nachher zusammen in die Pizzeria fahren.“ Er hing wirklich sehr an seinem Vater und nutzte jede Minute, die er mit ihm verbringen konnte. Luigi schaute seinen Sohn amüsiert an. „Wenn du meinst, junger Mann, aber dann würde ich vorschlagen, dass du dich ein bisschen beeilst.“ Er verabschiedete sich von Rosa und ging in Richtung Wagen.

„Bis gleich, Oma“, rief Marco und lief seinem Vater hinterher. „Und wenn ich in der Pizzeria bin, dann packe ich als erstes dein Geschenk aus.“ Sofia lachte und winkte ihrem Enkel hinterher. Er war wirklich ein Sonnenschein! Nachdem er eingestiegen war, kurbelte er das Fenster herunter und rief laut über die Straße: „Ciao! Ciao Nonna! Ciao Mama! Ciao Giovanni und Carla!“ Er winkte mit beiden Armen und verabschiedete sich lautstark von jedem einzelnen.

Auch die anderen hatten sich zu dem Wagen umgedreht und winkten Marco zu, und auch die übrigen Gäste auf dem Kirchenvorplatz schauten jetzt in Marcos Richtung, so laut schrie er. Dieser Junge, dachte Sofia amüsiert. Er schafft es doch immer wieder, im Mittelpunkt zu stehen. Sie wollte sich gerade zu Massimo drehen, da zerriss ein donnernder ohrenbetäubender Knall die Luft. Sie riss ihren Kopf herum und schaute zu dem Wagen. Innerhalb einer einzigen Sekunde stach eine riesige Flamme aus dem Motor und brauchte nicht halb so lange, um den ganzen Wagen in ein lichterlohes Feuermeer zu verwandeln. Es zischte und knallte, eine gigantische Druckwelle brachte die Luft zum vibrieren. Sofia schlug entsetzt die Hände vors Gesicht. „Marco!“, schrie sie verzweifelt und wollte auf den brennenden Wagen zulaufen. Massimos Arme umklammerten sie und hielten sie zurück. „Nicht, Sofia. Bleib! Du kannst nichts mehr für sie tun.“

Neben sich hörte sie Rosas Schreie. „Mein Kind!“, rief sie immer wieder. „Rettet mein Kind!“ Andere Kommunionskinder kreischten hell und unheilvoll, die Eltern schrien ihre Namen, rannten dann eilig weg oder starrten auf das Unfassbare. Sofias Atem ging schnell, ein heftiger Schmerz durchfuhr ihren Körper. Wie gebannt starrte sie in die Flammen. „Mio figlio, mein Sohn“, murmelte sie und krümmte sich vor Entsetzen. „Mein Enkel!“ Er hatte ihr doch gerade noch gewunken. „Bitte mach, dass es nicht wahr ist. Bitte“, flehte sie verzweifelt und schrie immer wieder laut: „Nein! Nein! Nein!“

„Assassini“, rief Stefano neben ihr mit erstickter Stimme und kurz darauf hörte Sofia wieder Rosas schmerzerfüllte Schreie: „Luigi! Marco!“ Und ihre verzweifelten Rufe wurden von lautem Schluchzen begleitet. Sofia schaute in ihre Richtung. Stefano hielt sie mit einem Arm fest, in seinem anderen Arm versteckten sich Giovanni und Carla.

Sofia drehte langsam den Kopf wieder zu dem Flammeninferno. „Mio figlio! Sie haben meinen Sohn getötet!“, wimmerte sie fassungslos. Massimo presste ihren Kopf an seine Brust. „Ruhig Sofia. Ganz ruhig.“ Sofia schloss die Augen. Sie fühlte sich wie damals als kleines Mädchen, als ihr Vater sie vor dem Anblick ihrer blutüberströmten Mutter und Schwester auf dem kalten nackten Küchenboden bewahren wollte. Und als würde sie erst jetzt begreifen, was geschehen war, brach sie in ein heftiges Schluchzen aus. Es wiederholt sich! Das Leben ist eine einzige Wiederholung. Ein Gefühl von Ohnmacht und Leere ergriff sie. „Wieso?“, flüsterte sie mit erstickter Stimme. „Wieso passiert uns das?“ Massimo drückte sie fest an sich. „Ich weiß es nicht, Sofia“, stellte er leise fest. „Ich weiß es nicht!“ Und als er das sagte, spürte Sofia auch ihren Mann vor Erschütterung beben.

Eine Woche später fand die Beerdigung von Luigi und Marco statt. Sofia legte ihrem Enkel die goldene Uhr ihres Großvaters mit in das Grab. Sie hatte ihm ein Geschenk versprochen und er sollte es bekommen. Niemals würde sie sein fröhliches Kinderlachen vergessen, sein strahlendes Gesicht, als er ihr aus dem Auto gewunken hatte …

Rosa war seit der Explosion vollkommen apathisch und nur noch ein Schatten ihrer selbst. Sie weinte nicht mehr, und sie sprach kaum noch. Blass und mit einem leeren Blick ging sie durch die Wohnung. Giovanni und Carla ließ sie nicht mehr aus den Augen. Giovanni fragte immer wieder nach Marco. Er war alt genug um zu verstehen, dass das Auto explodiert war, und genau wie seine Mutter war er in den Wochen nach der Explosion schweigsam und in sich gekehrt. Seine Schwester Carla verstand von all dem nichts, nur, dass irgendetwas Schreckliches passiert war. Sie wollte wissen, wo Marco sei.

„Weißt du, Carla", sagte Sofia. „Dein Bruder und dein Papa sitzen jetzt auf einer Wolke im Himmel, und wenn du genau hinschaust, kannst du sie vielleicht sehen." Sofia presste die Worte hervor und versuchte, so unbekümmert wie möglich zu wirken. Massimo vergrub sich mehr als sonst in seine Arbeit. Er wollte einfach nicht verstehen, warum niemand den Wagen untersucht hatte, bevor Luigi losfuhr. „Wie konnte das passieren?", flüsterte er immer und immer wieder vor sich hin.

Innerhalb weniger Tage waren er und Sofia um Jahre gealtert. Sofias Gesichtszüge verhärteten sich nach diesem Schicksalsschlag noch mehr. Nach außen hin trug sie die

Maske der aufrechten Donna Sofia, aber innerlich war in ihr etwas kaputtgegangen. Unwiderruflich! Nun blieb ihr nur noch eines: Sie musste sich um Stefano und um Massimo kümmern.

13

Der Tod von Luigi und dem kleinen Marco hatte eine tiefe Wunde bei Sofia hinterlassen, und auch vier Jahre später war der Schmerz noch immer unendlich groß. Nur die täglichen Gebete und die Sorge um ihre Familie gaben ihr die Kraft weiterzumachen. Wie schon so oft in ihrem Leben setzte sich ihr Kampfgeist durch. Sofia schwor sich, dass sie immer alles für ihre Familie tun würde, und besonders würde sie auf Stefano achten. Er war nun ihr einziger Sohn! Luigis Witwe Rosa erholte sich nicht von dem Schock. Manchmal hatte Sofia das Gefühl, die Schwiegertochter wäre nur noch eine Hülle, der man alle Energien geraubt hätte. Das einzige, was sie am Leben hielt, waren ihre beiden Kinder. Jeden Tag war sie mit Carla und Giovanni bei Sofia, nach der Schule aßen sie alle gemeinsam und sobald die Hausaufgaben erledigt waren, unternahmen sie etwas zusammen. Doch es war Sofia, die sich um alles kümmern musste, Rosa reagierte, aber sie war wie eine Puppe, die zwar bewegt werden konnte, aber keine eigene Kraft hatte.

Massimo hatte zunächst dafür gesorgt, dass der Schutz der

Familie erhöht wurde: Sie alle waren jetzt permanent von Leibwächtern umgeben. Ein Mann blieb immer in Sofias Wohnung, einer bei Rosa, und wenn sie Ausflüge machten oder einkaufen gingen, dann wurden extra Leute abgestellt. Bevor irgendjemand in der Familie ein Auto benutzen durfte, wurde es genau gecheckt. Massimo bewegte sich nie ohne einen seiner Männer in der Öffentlichkeit und auch Stefano hatte inzwischen bei seinen Geschäften immer einen Assistenten an der Seite, der gleichzeitig sein Personenschutz war.

Stefano hatte das Drogengeschäft seines Bruders übernommen. Zu Anfang war Sofia dagegen gewesen, doch dann musste sie einsehen, dass sie das Feld nicht den Mördern ihres Sohnes überlassen konnten. Und der Einzige, der in der Lage war, dieses Geschäft mit der notwendigen Härte zu führen, war Stefano. Seit Luigis Tod hatte er sich sehr verändert, er war kühler geworden und betonte bei jeder Gelegenheit, dass er sicher niemals heiraten würde. Sicher, er hatte seine kleinen Affären, doch dass war nie etwas Ernstes. „Ich möchte niemals jemanden so lieben, dass ich wegen dieser Liebe erpressbar bin und ich möchte auch niemanden verzweifelt zurücklassen, wenn mir etwas zustoßen sollte", hatte er seiner Mutter vor wenigen Wochen erklärt. Sofia konnte diese Worte nicht mehr vergessen. Sie bedauerte Stefano dafür. Denn bei all dem Leid, das ihr zugefügt worden war, hatte sie es niemals bereut, Massimo zu lieben und zwei wundervolle Söhne großgezogen zu haben. Doch Stefanos Entschluss stand fest, und es schien, als stecke er nun sein ganzes Leben in seine Arbeit. Es dauerte nicht lange, da hatte er den Ruf, ein grausamer Gegner zu sein. Sobald ihm jemand in die Quere kam, erledigte er das Problem schnell und sauber. Sofia beobachtete diese Veränderungen schon seit langem, doch in den letzten Tagen wirkte er noch härter und unerbittlicher als jemals zuvor. Sie stellte ihn zur Rede, als sie an einem Nachmittag alleine mit ihm in der Pizzeria war.

„Ich habe einen Sohn verloren", erklärte sie streng. „Das ist genug für ein Leben. Ich würde es nicht ertragen, dich auch zu verlieren."

„Mama", erwiderte Stefano gereizt. „Das ist einfach meine Arbeit, ich passe schon auf. Ich bin aus einem anderen Holz als mein Bruder." Er hasste diese ewige Fürsorge seit Luigis Tod. Es reichte, dass ihn Luigis Witwe Rosa ständig mit blassen Lippen und angstvollen Augen ansah. Auch sie sagte ihm mindestens dreimal am Tag, dass er vorsichtig sein sollte. „Denke nur an Luigi", schluchzte sie dann, und es kostete viel Mühe, sie wieder zu beruhigen.

„Du musst mich auch verstehen, Stefano", besänftigte Sofia ihren Sohn. „Tu, was du tun musst, aber höre auf die Worte deiner Mutter: Wenn du überleben willst, musst du der Beste sein. So wie dein Vater!" Mit diesen Worten ließ sie ihn stehen und machte sich auf den Weg in die Wohnung. Sie kannte ihren Sohn und wusste, dass er über ihre Worte nachdenken würde, – und er würde lernen, der Beste zu sein, dessen war sich Sofia sicher.

Massimo steckte nun noch einmal seine ganze Energie in

den Ausbau der Organisation. Er wollte seine Macht vergrößern und stärken, eine Macht, die ihn und seine Familie unverletzlich machen würde, unangreifbar. Er organisierte das Schutzgeldgeschäft vollkommen neu, und vor allen Dingen: Er weitete es auf den Ostteil der Stadt aus. Hier entstanden neue Clubs unter der Aufsicht der Familie Monetti. Sofia unterstützte Massimo in seinem Vorhaben, die Organisation zu stärken. Er besprach sich inzwischen in vielen geschäftlichen Fragen mit ihr. Die Jahre der Ehe und der schreckliche Schicksalsschlag von Luigis Tod hatten sie noch fester zusammengeschweißt und Sofia hatte im Laufe der Zeit viel über die Geschäfte begriffen. Ebenso wie ihr Mann glaubte sie fest daran, dass der Ausbau ihrer Macht die Familie vor zukünftigem Unheil bewahren würde.

Massimo baute allerdings nicht nur seine alte Macht immer weiter aus, er stieg vor allem in ganz neue Geschäftszweige ein, denn die Maueröffnung hatte mittlerweile nicht nur negative geschäftliche Auswirkungen für die Monettis. Seit Ost und West zusammenwuchsen und Berlin zur künftigen Hauptstadt erklärt worden war, boomte die Bauindustrie. An allen Ecken und Enden standen Kräne, ganze Häuserblocks wurden saniert oder neu gebaut. Mit Hilfe einflussreicher Geschäftspartner strickte Massimo weiterhin an seinem Netz von Bau- und Immobilienspekulation.

Alles in allem liefen die Geschäfte gut und laut Stefanos Worten würde es nie wieder jemand wagen, die Familie Monetti zu bedrohen. Doch in den letzten Wochen und Monaten beschlich Sofia immer wieder ein ungutes Gefühl. Sie konnte nicht genau beschreiben, was es war oder woran es lag, doch sie hatte gelernt auf ihre Gefühle zu hören, und die sagten ihr, dass irgendetwas mit Massimo nicht in Ordnung war. Er sagte nichts, doch Sofia spürte es an seinem Verhalten, an der Art, wie er sich bewegte oder wie er sie manchmal ansah, man hätte meinen können, er schaue durch sie hindurch, so als wäre er gar nicht da, sondern nur sein Körper. Sofia ließ ihn in Ruhe, so wie sie ihn immer in Ruhe gelassen hatte, in der Hoffnung, dass er irgendwann mit ihr sprechen würde. Doch dieses Mal war es anders. Er sprach nicht mit ihr, im Gegenteil: Er wurde immer verschlossener. Auch die anderen spürten es und Giovanni war der erste, der Sofia darauf ansprach.

„Oma", sagte er mit seiner zarten Stimme. „Wieso nimmt Opa mich nicht mehr mit in die Pizzeria?" Er hatte sich rittlings auf einen Küchenstuhl gesetzt und wippte hin und her. Sofia war gerade dabei, das Mittagessen vorzubereiten und musterte ihn nachdenklich.

„Wie meinst du das? Du kannst doch in die Pizzeria gehen sooft du willst." Sie nahm sich einen Topf voller Kartoffeln und setzte sich mit dem Schälmesser bewaffnet an den Tisch zu Giovanni. „Du kannst doch auch mit mir oder mit deiner Mutter in die Pizzeria ..."

„Das ist doch nicht dasselbe", unterbrach ihr Enkel sie ungeduldig und stand auf. Er schlurfte in seinen Turnschuhen zur Anrichte, um sich einen Apfel zu holen. Eine schreckliche Mode, diese Turnschuhe, fand Sofia. Daran, dass die Kinder fast ausschließlich Jeans trugen, hatte sie sich inzwischen gewöhnt, aber diese Turnschuhe und der ganze amerikanische Kram wie Baseballmützen und weite Armeehosen fand sie schrecklich.

„Mit Opa ist das anders“, setzte Giovanni kauend zu einer Erklärung an und hockte sich wieder an den Tisch. „Er hat mir gezeigt, wie man Pizza macht und mir Geschichten von Sizilien erzählt. Er hat mir gesagt, wie er als Junge war und mir Fotos gezeigt, von sich und seinen Eltern. Sogar Bilder von deinem Vater waren dabei. Der hatte früher ja auch ein Ristorante.“ Sofia nickte. Das Ristorante ihres Vaters, wie lange hatte sie nicht mehr daran gedacht. Er hatte es schließen müssen, vor vielen Jahren. Seine Gesundheit war nicht mehr die beste gewesen und jetzt lebte er bei Sofias Bruder und seiner Frau. Beide kümmerten sich wunderbar um ihn. Sofia vermisste sie manchmal, doch die Jahre vergingen schnell und sie kam nur sehr selten in ihre alte Heimat Palermo.

„Hörst du mir überhaupt zu, Oma“, hörte sie Giovannis Stimme und blickte ihren Enkel an. „Ja, ich höre dir zu. Ich habe mich nur daran erinnert, wie es war, damals auf Sizilien.“ Sie strich Giovanni gedankenverloren über den Kopf und ging zur Spüle, um noch mehr Kartoffeln zu holen. Das war alles so weit weg und inzwischen war Berlin ihre Heimat …

„Also, warum geht es nicht, dass Opa mich mitnimmt und

mir Geschichten erzählt“, drängelte Giovanni weiter. Sofia stellte das Wasser ab und drehte sich langsam um. Die Frage war berechtigt. Warum ging es nicht mehr? Warum hatte Massimo keine Zeit mehr? Warum wollte er nicht mehr, dass irgendjemand ihn begleitet? Carla hatte auch schon geschimpft, dass Opa ihr keine Gute-Nacht-Geschichten mehr vorlesen würde. Das war nicht Massimos Art! Er war zwar immer noch der gleiche alte Mafiaboss, doch wie alle Italiener vergötterte er seine Enkelkinder und für sie würde er alles tun. Seitdem der kleine Marco tot war, hatte er sich noch intensiver um Giovanni und Carla gekümmert. Sofia wischte sich die Hände an der Schürze ab und zuckte hilflos mit den Schultern.

„Ich weiß es nicht, mein Junge. Aber ich werde mit deinem Großvater sprechen. Ich verspreche es.“

Am nächsten Sonntag erzählte Sofia Massimo von Giovannis Fragen. Sie erwähnte es betont beiläufig, als sie beim Frühstück saßen, doch Massimo hörte ihr kaum zu. Er knabberte gedankenverloren an einem Brötchen und reagierte nur einsilbig, wenn Sofia ihm eine Frage stellte. Als sie aufhörte zu reden, merkte er es gar nicht, sondern stierte weiterhin Löcher in die Luft. Sie räusperte sich.

„Du verschweigst mir etwas, Massimo“, sagte sie mit fester Stimme. „Ich weiß nicht, was es ist, doch du verschweigst mir etwas.“ Massimo schaute sie an. In seinem Blick spiegelte sich Verständnislosigkeit.

Hinter Gittern Band 12 „Die Geschichte der Sofia Monetti"

Hallo liebe Leserin, lieber Leser! Wir freuen uns, dass Sie sich für „Die Geschichte der Sofia Monetti" entschieden haben. Gerne möchten wir Sie etwas besser kennen lernen, damit wir auch in Zukunft Bücher machen können, die Ihren Interessen gerecht werden. Wir freuen uns deshalb über jede Idee und Anregung. Bitte nehmen Sie sich etwas Zeit für die Beantwortung der Fragen und senden Sie uns diese Karte bald zurück - **Vielen Dank!**

Wie sind Sie auf dieses Buch aufmerksam geworden?

❍ durch TV-Werbung ❍ durch eine Anzeige ❍ im Laden gesehen
❍ durch Empfehlung ❍ ____________________

Wie gefällt Ihnen das Buch insgesamt? Note: ____ (1 = sehr gut, 6 = ungenügend)

Wie gefällt Ihnen die Titelseite des Buches? Note: ____

Was gefällt Ihnen an diesem Buch besonders gut?

____

Was gefällt Ihnen an diesem Buch weniger gut?

____

Wie häufig sehen Sie sich Hinter Gittern auf RTL an?

❍ Ich verpasse keine Folge! ❍ regelmäßig ❍ ab und zu ❍ selten

Wie gefallen Ihnen die folgenden Rollen aus der Serie?

	sehr interessant	**interessant**	**weniger interessant**
Jutta Adler	❍	❍	❍
Eva Baal	❍	❍	❍
Bea Hansen	❍	❍	❍
Birgit Schnoor	❍	❍	❍
Horst Dahnke	❍	❍	❍
Tom Weber	❍	❍	❍
Peter Kittler	❍	❍	❍

8. Anfang Dezember wird eine Gefängnisgeschichte über Christine Walter erscheinen. Sie handelt von Walters Liebesbeziehungen zu Vivi und Susanne Teubner. Wie stark sind Sie an diesem Buch interessiert?

❍ kaufe ich auf jeden Fall ❍ werde ich vielleicht kaufen ❍ habe kein Interesse

9. Im Frühjahr 2001 werden wir eine Chronik zu Hinter Gittern veröffentlichen. Darin können Sie die letzten 150 Folgen nochmals hautnah erleben. Wie interessant ist dieser Sonderband für Sie?

❍ sehr interessant ❍ interessant ❍ weniger interessant

10. Welches Produkt zu Hinter Gittern würden Sie gerne kaufen?

____

Gesprächsrunde zum Thema Hinter Gittern. Dürfen wir Sie zu einem solchen Treffen einladen? ❍ ja ❍ nein

12. Haben Sie Interesse, ein Newsletter zu Hinter Gittern zu erhalten?

❍ sehr interessant ❍ interessant ❍ weniger interessant

13. Die Welt der Astrologie ist für viele Frauen faszinierend. Interessieren Sie sich spontan für Romane, die Geschichten über Frauen verschiedener Sternzeichen und deren Partnerschaften erzählen?

❍ sehr interessant ❍ interessant ❍ weniger interessant

Welches Sternzeichen sind Sie? ______________________

Vor- und Nachname

Straße / Hausnummer

PLZ / Wohnort

Bundesland

Telefonnummer E-Mail Adresse

Geburtsdatum ❍ männlich ❍ weiblich

Gebühr bezahlt Empfänger

Antwortkarte

Dino entertainment AG
Buch-Bereich
Rotebühlstraße 87

70178 Stuttgart

„Sofia, du weißt, dass ich nicht jedes klitzekleine Geschäft mit dir bespreche." Er zog genervt die Augenbrauen zusammen und zuckte mit den Schultern. „Warum sollte ich auch? Das ist Männersache!" Sein Gesicht verhärtete sich, während er redete. Sofia beobachtete ihn. Typisch, dachte sie. Jetzt ist es wieder Männersache, aber wenn ich ihm helfen kann, dann bin ich so eine kluge und vernünftige Frau! Sein bester Partner! Doch sie spürte, dass ihr Mann unter einer großen Anspannung stand und drang nicht weiter in ihn.

„Das ist es nicht, Massimo", entgegnete sie leise. „Es ist nur so, dass du mir nichts vormachen kannst. Ich spüre, dass etwas nicht in Ordnung ist. Es ist ein Gefühl, Massimo." Sie stand auf und setzte sich neben ihn. „Ich möchte doch nur, dass es dir gut geht", seufzte sie und legte ihre Hand auf seine. Er blickte sie kurz an. Dann stand er auf und ging zur Tür. Bevor er hinausging, drehte er sich noch einmal um.

„Wenn ich dir etwas zu sagen habe, dann sage ich es dir!", erklärte er schroff und ging. Sofia blieb alleine in der Küche zurück. Mechanisch räumte sie den Tisch ab. Sie verstand ihren Mann nicht. Sie verstand nicht, was ihn bedrückte. Sie wusste von Stefano, dass die Geschäfte gut liefen. Massimo war der ungekrönte König der Unterwelt, jeder, der ins Geschäft einstiegen wollte, musste sich mit ihm absprechen, keiner kam an ihm vorbei. Er hatte einen festen Stab von engen Vertrauten, die häufig bei ihnen zu Besuch waren. Und auch das Drogengeschäft lief ohne große Zwischenfälle, seit Stefano aufgeräumt hatte. Natürlich gab es immer noch viel

Konkurrenz und der Markt wurde förmlich überschwemmt von dem Teufelszeug, doch Stefano hatte nichts zu befürchten, niemand traute sich an ihn heran. Sofia stand auf und räumte das Frühstücksgeschirr weg. Vielleicht hatte Massimo sich mit den Immobilien übernommen, überlegte sie. Er hatte nicht so viel Ahnung davon, wie die Geschäfte hier funktionierten. Andererseits standen ihm gute Berater zur Seite und in Palermo hatten er und sein Vater schließlich genau dasselbe gemacht. Nein, es musste etwas anderes sein, etwas Größeres, etwas, das auf eine ganz andere Art gefährlich war als die bisherigen Geschäfte. Würde die Familie wegen irgendwelcher Lappalien bedroht, dann hätte Massimo einfach die Sicherheitskräfte verstärkt und sie eingeweiht, damit sie auf Rosa und die Kinder Acht geben konnten. Sofia runzelte die Stirn. Sie musste herausfinden, was los war mit Massimo. Er hatte Sorgen, aber es ging ganz offensichtlich um etwas, das er alleine austragen musste, und wo er niemanden mit hineinziehen wollte oder konnte … Doch was?, überlegte Sofia verzweifelt und dachte nach. Doch egal, wie lange sie die Gedanken hin und her wälzte, sie kam zu keinem Ergebnis. Es blieb ihr nichts anderes übrig, als sich in Geduld zu üben.

Doch Sofias Geduld sollte nicht lange auf die Probe gestellt werden. Nur drei Tage nach dem Gespräch beim Frühstück kam Massimo in die Pizzeria, um Sofia etwas zu sagen. Es war Vormittag und im Gastraum befanden sich noch keine

Gäste. Sofia stand an der Theke und trug etwas in die Bücher ein. Als sie Massimo in der Türe erblickte, wusste sie sofort, dass irgendetwas nicht in Ordnung war. Er sah blass aus, sein Körper war angespannt und die Gesichtszüge hart. Seine Augen blickten nervös hin und her und er näherte sich mit einem müden, ja fast schleppenden Gang.

„Sofia, wir haben ein Problem“, kündigte er ohne Umschweife an, als er bei ihr war, und zog sie an einen Tisch. „Wir müssen jetzt sehr vorsichtig sein, sonst war alles umsonst ...“

„Was war umsonst?“ Sofia setzte sich und schüttelte verständnislos den Kopf. „Massimo, ich verstehe kein Wort, bitte erzähle der Reihe nach.“ Sie schaute ihren Mann ungeduldig an. Er holte tief Luft und Sofia hörte mit weit aufgerissenen Augen zu:

„Sofia, ich bin ins Waffengeschäft eingestiegen!“, sagte er geradeheraus. „Du weißt, seit den politischen Umwälzungen im Osten ist der Waffenhandel ein wirklich lukratives Geschäft geworden. Wir mussten uns einfach ein neues Standbein aufbauen. Der Markt ist hart umkämpft.“

„Wie lange geht das schon so?“, fragte Sofia schockiert. Massimo schaute ihr in die Augen und sagte „Ich bin seit einem Jahr dabei. Ich habe eine gut funktionierende kleine Einheit aufgebaut. Niemand ahnt etwas. Nur meine engsten Vertrauten. Doch jetzt sind zum ersten Mal zwei von meinen Leuten bei einem Deal verhaftet worden, und mein Name ist gefallen.“

„Massimo!“ Sofia bat ihn für einen Moment zu schweigen. Ihr war schwindelig von dem Gesagten. Seit einem Jahr war er ein Waffenhändler und sie hatte nichts davon gewusst? Sie hatte nicht einmal geahnt, dass er Waffen verkaufte. „Warum hast du nie etwas gesagt?“ Sofia schaute ihren Mann verständnislos an. Sie hätte doch zu ihm gehalten, sie hielt doch immer zu ihm.

„Es war zu gefährlich, Sofia. Auch wenn du immer viel Mut bewiesen hast und bisher jede Katastrophe gemeistert hast, so ist das hier etwas anderes. Je weniger Menschen davon wissen, umso besser.“ Massimo biss die Zähne zusammen. „Glaub mir, Sofia. Es ist das einzig Richtige gewesen.“ Er wandte den Blick ab und schaute aus dem Fenster. „Siehst du die Menschen? Sie gehen ihren täglichen Geschäften nach, sie sind traurig oder glücklich, haben Hunger oder sind satt. Ich wollte immer, dass ihr genauso lebt. Du, Rosa und die Kinder.“ Seine Stimme klang nachdenklich, fast ein wenig traurig. So hatte Sofia ihn noch nie erlebt. Selbst nach Luigis Tod hatte ihn sein Wunsch nach Rache vorangetrieben. „Aber ich konnte nicht verhindern, dass euch Leid zugefügt wurde. Das ist mein schlimmstes Vergehen“, stieß er plötzlich hervor.

„Schweig, Massimo“, flüsterte Sofia. Sie legte ihre Finger sanft auf seine Lippen. „Es ist nicht deine Schuld. Du hast immer getan, was du konntest.“ Sie versuchte zu lächeln, doch es gelang ihr nicht. Sie konnte nicht ertragen, wenn er sich selbst anklagte. Sollte er schreien, fluchen oder morden, aber sich nicht in diesen Selbstvorwürfen ergehen.

„Jedenfalls hatte ich mir geschworen, die neuen Geschäfte alleine zu regeln. So konnte euch weniger passieren ... Aber jetzt ...“ Massimo machte eine Pause, dann schaute er Sofia in die Augen: „Jetzt wird die Polizei bei uns auftauchen, sie wird viele Fragen stellen und wir müssen ihr gute Antworten geben. Ich darf nicht mit dem geringsten Verbrechen in Verbindung gebracht werden, sonst ist es aus.“ Sofia nickte völlig benommen. Sie verstand, doch sie hatte Angst. Wer würde Massimo verraten? Und vor allen Dingen, wieviel wusste die Polizei? Doch auf keine ihrer Fragen hatte Massimo eine Antwort. Er konnte nur vermuten, dass die Polizei nicht viel wusste, weil die verhafteten Männer keine Details kannten. Sie konnten nichts tun außer abzuwarten, was die Untersuchungen bringen würden.

Sofia war vollkommen benommen nach dem Gespräch mit Massimo. Zum ersten Mal hatten sie in Deutschland mit der Polizei zu tun. Sie wusste nicht, was sie erwartete, doch sie wusste, dass sie alles tun würde, um den Verdacht von Massimo abzulenken.

Die nächsten Tage wurden eine Höllentour. Dreimal kamen die Beamten und horchten Sofia und Massimo aus. Sogar Rosa und die Kinder wurden befragt, doch da sie nichts wussten, konnten sie nichts sagen und der kleine Giovanni erzählte immer nur, dass sein Opa ihn mit in seine Pizzeria nehmen würde. Gott sei Dank verschwieg er, dass diese Unternehmungen in der letzten Zeit nachgelassen hatten. Sofia hatte ihm nichts gesagt, aber wahrscheinlich handelte er instinktiv richtig.

Sofia stand den Polizisten auf ihre übliche distanzierte und leicht überlegene Art und Weise Rede und Antwort. Sie schilderte, wie ihre Tage verliefen, dass Massimo schon mittags in die Pizzeria ging und dort eigentlich die meiste Zeit seines Tages verbrachte.

„Ich selbst komme nachmittags in die Pizzeria. Dann fangen wir an zu kochen. Die Gäste kommen gegen Abend." Sie lächelte distanziert und hielt dem forschenden Blick der Beamten stand.

„Bleibt ihr Mann den ganzen Tag im Laden?", forschte einer der Polizisten weiter. Er war noch jung, in Stefanos Alter. Sofia schenkte ihm ein wohlwollendes, mütterliches Lächeln und goss ihm frischen Kaffee ein. „Nicht jeden Tag. Es ist so unterschiedlich. Wir müssen auch einkaufen, kochen, Feste organisieren …" Es wäre ein Leichtes für die Beamten gewesen, bei den Gästen nachzuforschen. Sie hätten sofort erfahren, dass Massimo nicht täglich im Ristorante war. Aber so … Sofia war zufrieden mit ihrer Erklärung, auch wenn die Polizisten keine Miene verzogen und sich nicht anmerken ließen, ob sie Massimo weiter verdächtigten oder nicht. Sofia zog eine Augenbraue in die Höhe und erklärte galant: „Und dann sind da noch die bambini, unsere Enkelkinder. Auf unsere alten Tage genießen wir das Familienleben."

Das Schwierigste bei den Gesprächen war, Stefano aus allem herauszuhalten. Sie durften die Aufmerksamkeit der Polizei in keinem Fall auf irgendwelche Nebengebiete lenken. Aber auch hier schien die goldene Regel zu gelten, dass die Polizei nur das fand, wonach sie suchte. Nach wenigen Tagen wurden die Untersuchungen eingestellt. Niemand konnte Massimo eine Verbindung zum Waffenhandel nachweisen.

Nachdem die Verhöre beendet waren, mussten Sofia und Massimo sehr vorsichtig sein. Niemand konnte genau wissen, ob die Polizei wiederkommen würde, weil sie irgendein Detail nicht gefragt hatten. Also führten Sofia und Massimo in diesen Tagen ein sehr ruhiges Leben. Sie gingen früh schlafen und unternahmen viel mit den Enkelkindern. Massimo erledigte seine Geschäfte natürlich weiterhin, doch für eine gewisse Zeit überließ er die maßgeblichen Aktionen anderen.

Die Wochen und Monate vergingen, und ganz allmählich normalisierte sich ihr Alltag wieder. Sofia verbrachte viel Zeit mit Rosa und den Kindern, Massimo ging wie gewohnt seinen Geschäften nach. Sofia fragte nie, wohin er ging. Sie wusste auch so, dass er seine alten Geschäftsverbindungen wieder aufgenommen hatte und sein Hauptinteresse dem Waffenhandel galt. Für alle anderen Geschäftszweige hatte er schließlich verlässliche Leute. Und sie spürte, wie die alte Angst in ihr hochkroch. Es war dasselbe Gefühl, wie vor vielen Jahren, als man ihre Kinder bedrohte oder als Rosa ihr damals von den Drohungen gegen Luigi erzählte. Doch diesmal konnte Sofia nicht sagen, wovor sie sich fürchtete. Es war ein diffuses Gefühl, eine nicht genau definierbare Angst, die mit Massimos Geschäften zu tun hatte.

14

Wenige Wochen nach diesen Vorfällen erhielt Sofia einen Anruf. Sie war gerade dabei, sich ihren Mantel anzuziehen, um mit Rosa und den Kindern ins Aquarium zu gehen. Es war November und draußen herrschte ein nasskaltes Regenwetter. Man konnte nicht mehr in die nahe gelegenen Parks oder auf die Spielplätze gehen und so hatten sie sich heute etwas für drinnen vorgenommen. Giovanni freute sich schon den ganzen Vormittag auf diesen Ausflug und erzählte seiner Schwester detailliert, was man in einem Aquarium alles zu sehen bekam. Er war schon fast 10 Jahre alt und interessierte sich ganz besonders für Tierkunde und alles, was mit Botanik zu tun hatte. Carla verzog hin und wieder angewidert das Gesicht, besonders, als die Rede auf Schlangen kam. Aber in ihren Augen blitzte dennoch die Neugier. Sie ging jetzt in die erste Klasse und bemühte sich sehr, bei allen Themen mitzureden und erwachsen auf ihren großen Bruder zu wirken. Plötzlich klingelte das Telefon und Sofia nahm den Hörer ab:

„Pronto?" Sie meldete sich nie mit Namen am Telefon.

Diese deutsche Sitte, sich mit dem Namen zu melden, hatte sie sich all die Jahre nicht angewöhnen können.

„Sind Sie Sofia Monetti, die Frau von Massimo Monetti?“, fragte eine dunkle Männerstimme am anderen Ende der Leitung. Sofia bejahte verwundert. Wer war das? Der Mann sprach ein gebrochenes Deutsch, er hatte einen merkwürdigen Akzent, polnisch oder russisch. Sie kannte niemanden, der so sprach, und überhaupt riefen hier sonst nur Leute an, die sie kannte.

„Ja, hier spricht Donna Sofia Monetti!“, erwiderte sie verunsichert.

„Wenn Sie Ihren Mann lieben, dann sagen Sie ihm, dass Sie keine Lust haben, in einer Woche Witwe zu sein!“ Sofia riss entsetzt die Augen auf. „Hallo? Wer sind Sie?“, rief sie in den Hörer. Doch statt einer Antwort hörte sie nur ein leises Klicken am anderen Ende. Der Mann hatte aufgelegt. Sofia ließ sich auf den Stuhl neben dem Telefon sinken. Alle Farbe war aus ihrem Gesicht gewichen. Nicht schon wieder, dachte sie verzweifelt, nicht schon wieder. Ihr Atem ging schneller und in ihrer Brust machte sich wieder dieses altbekannte Stechen breit.

„Sofia! Ist alles in Ordnung mit dir?“ Rosa war leise zu ihr getreten und kniete sich neben sie. In dem Gesicht ihrer Schwiegermutter spiegelte sich die nackte Angst. Irgendetwas war nicht in Ordnung, und diesmal war sogar Sofia aus dem Konzept gebracht. Rosa ergriff ihre Hand. „Geht es dir gut? Sag doch etwas!“

Sofia nickte. Was sollte sie sagen? Das alles wieder von vorne los ging? Giovanni und Carla unterbrachen ihre Gedanken. Mit freudestrahlenden Augen kamen sie angelaufen. „Gehen wir denn jetzt?“, quengelte Giovanni. Er war in einen dicken Wintermantel eingehüllt und hatte auf dem Kopf eine bunte Pudelmütze. Sofia lächelte bei seinem Anblick. Die Kinder waren ihr ganzes Glück.

„Ja, Giovanni, wir gehen jetzt“, versicherte sie mit erschöpfter Stimme und stützte sich auf Rosas Arm, als sie die Wohnung verließen. Den ganzen Tag über konnte Sofia diesen Anruf nicht mehr vergessen. Immer wieder hörte sie die fremde Stimme und dieses Klicken in der Leitung. Wie ein Todesurteil, dachte sie und ein kalter Schauer lief ihr über den Rücken. Sie überlegte, ob sie Massimo etwas erzählen sollte, doch er nahm solche Drohungen nie ernst. Sie hörte ihn schon lachen und sagen: „Cara Sofia, weißt du denn überhaupt, wie viele Spinner in Berlin herumlaufen? Wie viele von solchen kleinen Möchtegerngangstern, die so gerne mal für einen Tag an der Spitze wären?“ Und was sollte sie ihm überhaupt erzählen? Dass sie Angst hatte? Dass sie seit Luigis Tod wusste, wie gefährlich solche Spinner waren? Und ihnen der kurze Moment der Macht genügte? Nein, der Einzige, mit dem sie sprechen konnte, war Stefano.

Seit Luigis Tod war ihr Verhältnis zu ihm noch enger geworden. Fast jeden Abend aßen sie alle gemeinsam bei Sofia in der Wohnung. Manchmal ging Stefano danach noch einmal weg. Geschäfte, sagte er, doch Sofia wusste, dass er in die Clubs ging, um sich zu vergnügen. Sie hatte nichts dagegen, für Stefano waren diese Abende in den Clubs nichts weiter als kleine Abenteuer, unwichtige Affären.

Manchmal blieb er aber auch zu Hause und saß mit seiner Mutter bei einer Tasse Espresso im Wohnzimmer. Sie zeigte ihm alte Fotos von Palermo und erzählte ihm, wie er als Kind gewesen war. Er fragte sie auch häufig nach ihrer eigenen Jugend. Er wollte alles wissen, von dem Ristorante des Vaters, von Alfredo und von der kleinen Rosalia und ihrer Mutter, Gott habe sie selig. Seit dem Tod seines Bruders interessierte Stefano sich sehr für die Familiengeschichte und es machte Sofia Spaß, ihrem Sohn alles zu erzählen.

Sofia hatte ihrem Mann gegenüber nichts von dem unheilvollen Anruf erwähnt. Aber Stefano konnte sie sich anvertrauen. Er reagierte verständnisvoll, aber nicht allzu besorgt. Auch er wußte, dass dies zum Alltag gehörte. „Mama, du bist etwas überreizt von den Schicksalsschlägen der letzten Zeit. Es ist ganz normal, dass du dir Sorgen machst. Aber ich verspreche dir, dass ich die Augen offen halten werde.“ Sofia lächelte ihren Sohn dankbar an. Auf Stefano war Verlass.

Eine Woche war seitdem vergangen und Sofia war mit Rosa und den Kindern in der Küche. Sie hatten zu Mittag gegessen und wollten ins Kino gehen. Draußen regnete es und Giovanni drängelte schon seit Tagen, dass er gerne ins Kino gehen wollte. Sofia hatte schließlich nachgegeben, bei dem Wetter konnte man wirklich nichts anderes machen. Ihre einzige Bedingung war: Einen Film zu finden, mit dem auch die jüngere Carla etwas anfangen konnte und so beschlossen sie, in den Zeichentrickfilm „Das Dschungelbuch“ zu gehen.

„Avanti!“, rief sie den Kindern zu. „Zieht euch eure Jacken und die Schuhe an. Wir gehen gleich los.“ Sie schaute Giovanni und Carla lächelnd hinterher, wie sie johlend die Küche verließen. Dann half sie Rosa dabei, die Teller zusammenzustellen. Plötzlich klingelte das Telefon. Sofia zuckte zusammen und hätte beinahe das Geschirr fallen lassen. Sie stellte den Stapel ab und runzelte verärgert die Stirn. Seit diesem unverschämten Anruf vor einer Woche zuckte sie bei jedem Klingeln des Telefons zusammen. Lächerlich, schalt sie sich selbst. Es ist lächerlich, so ängstlich zu sein. Selbst wenn es der Anrufer war, würde er sich doch nur darüber freuen, wenn sie Angst hatte, – und diese Genugtuung durfte sie ihm nicht geben. Das Telefon läutete weiter.

„Willst du nicht drangehen?“, wunderte sich Rosa. „Doch, doch!“, erwiderte Sofia. Sie ging in den Flur. Bestimmt war es Luciano Donabene oder seine Frau Anna-Maria, die sie für das Wochenende einladen wollten. Warum also diese Aufregung. Wieder klingelte das Telefon. Sofia griff nach dem Hörer. Ihre Hand zitterte. Du wirst alt, Donna Sofia, sagte sie zu sich selber. Seit wann jagt dir das Telefon Angst ein?

„Ja, bitte?“, fragte sie und bemühte sich gefasst und wie immer zu klingen.

„Spreche ich mit Sofia Monetti?“, fragte die Stimme am anderen Ende der Leitung. Es war eine Frau! Sofia bejahte erstaunt.

„Frau Monetti, hier ist das städtische Krankenhaus, ich muss Sie bitten, auf dem schnellsten Wege hierher zu kommen. Ihr Mann hatte einen Unfall. Er liegt auf der Intensivstation.“ Sofia umklammerte den Hörer noch fester. Einen Unfall? Massimo hatte einen Unfall? Sie rang nach Luft und lehnte sich zitternd an die Wand. „Sind Sie noch da?“, fragte die Frauenstimme besorgt. „Ja, ja, ich bin noch da. Ich komme sofort“, stotterte Sofia und legte den Hörer auf die Gabel. Sie starrte einen Augenblick auf das Telefon. Massimo hatte einen Unfall…? Sie verstand nicht, was das bedeutete. Einen Unfall? Aber er hatte doch noch nie … Energisch straffte sie ihre Schultern und ging mit schnellen Schritten in die Küche.

„Rosa! Du musst jetzt stark sein und dich um die Kinder kümmern. Geht wie verabredet ins Kino. Ich muss ins Krankenhaus. Massimo hatte einen Unfall! Aber sage den Kindern noch nichts davon. Ich melde mich, sobald ich kann.“ Ohne eine Reaktion ihrer Schwiegertochter abzuwarten drehte sie sich um und ging in den Flur, um ihren Mantel zu holen. Aufgeregt kam Rosa ihr hinterher.

„Was ist los? Was für einen Unfall?“ Sie hielt Sofia am Arm fest. „Sag etwas!“ Sofia schüttelte den Kopf und machte sich von ihr frei. „Keine Fragen! Bitte! Ich weiß nichts. Ich weiß nur, dass mein Mann im Krankenhaus liegt und ich so schnell wie möglich zu ihm muss."

Mit hektischen Schritten betrat Sofia das Krankenhaus. In der großen Eingangshalle blieb sie stehen. Überall waren Schilder, auf denen die verschiedenen Stationen angezeigt waren: Entbindungsstation, Ambulanz, Unfallchirurgie ... Hilflos schaute sie sich um und entdeckte eine Art Empfangstisch. „Entschuldigung", wandte sich Sofia an die junge Frau hinter der Glasscheibe. „Mein Name ist Monetti. Sofia Monetti. Man hat mich angerufen. Mein Mann liegt auf der Intensivstation. Sein Name ist Massimo Monetti." Sofia lächelte nervös. Die junge Frau blätterte in einer großen Mappe. Dann hielt sie inne und fuhr mit dem Finger ein dicht beschriebenes Blatt herunter. „Monetti", murmelte sie. „Da habe ich ihn." Sie beschrieb Sofia den Weg und wandte sich dem Telefon zu, das schon eine ganze Weile ungeduldig klingelte. Sofia umklammerte ihre Handtasche und ging zum Aufzug.

Als sie auf der Intensivstation angekommen war, ging sie direkt auf eine junge Frau in Schwesterntracht zu und fragte, wo sie ihren Mann finden könnte. „Monetti?", wiederholte die Schwester und schaute Sofia neugierig an. Dann zeigte sie auf eine Sitzgruppe und bat sie, einen Augenblick Platz zu nehmen. „Ich schicke sofort jemanden, der sich um Sie kümmert." Benommen setzte sich Sofia auf einen dieser typischen unbequemen Krankenhausstühle. Warum dauerte das nur alles so endlos lange? Warum konnte man sie nicht einfach nur zu Massimo führen?

„Frau Monetti?“ Ein Arzt im weißen Kittel und mit einer Nickelbrille stand vor ihr. „Mein Name ist Dr. Hochstal.“ Sofia stand mit einem Ruck auf und blickte den Doktor abwartend an. „Ich habe ihren Mann behandelt“, fuhr der Arzt fort. „Es hat eine Schießerei gegeben, ihr Mann ist getroffen worden ...“ Sofia starrte den Arzt an. Was redete er da? Massimo angeschossen? Eine Schießerei? Aber er hatte doch nie etwas mit irgendwelchen Schießereien zu tun.

„Ich will zu meinem Mann“, sagte sie mit fester Stimme. „Ich will zu Massimo!“ Sie schaute dem Arzt in die Augen, doch er wich ihrem Blick aus. Sofia bemerkte, wie er nervös seine Finger knetete.

„Frau Monetti, ich ...“ Er stockte und suchte ganz offensichtlich nach Worten. Sofia umklammerte ihre Handtasche, bis die ihre Knöchel weiß hervor traten. Ihr Kopf war leer. Sie starrte den Arzt an, als wolle sie ihn hypnotisieren, als wolle sie verhindern, dass er das Unfassbare aussprach. Er holte tief Luft. „Frau Monetti. Wir haben alles getan. Ich ..., ich konnte ihm nicht mehr helfen. Es war zu spät.“ Sofia hielt den Atem an. Ihr ganzer Körper wurde eiskalt. Sie spürte sich nicht mehr. Was redete dieser Mann? Sie schaute ihn ungläubig an. Nein, nein, nein, hämmerte es in ihrem Kopf. Das konnte, das durfte nicht wahr sein. Massimo tot? Aber Massimo war alles, wofür es sich zu leben lohnte. Er konnte, er durfte nicht tot sein. Was sollte sie ohne ihn tun? Ihr wurde schwindelig, ihre Beine drohten einzuknicken. Wie in Zeitlupe öffnete sie die Lippen. „Massimo", flüsterte sie und klammerte sich an den Arm des Arztes. „Ich will meinen Mann sehen!" Der Arzt nahm ihre Hand. „Frau Monetti, ich gebe Ihnen ein Beruhigungsmittel, dann fühlen Sie sich gleich besser." Sofia schüttelte heftig den Kopf: „Ich will zu meinem Mann", wiederholte sie immer wieder. Mechanisch setzte sie einen Fuß vor den anderen. Wie benommen ging sie neben dem Arzt her. Nach einer Weile, die ihr endlos erschien, kamen sie in einem kalten unpersönlichen Raum an. Der Arzt führte sie an einen Tisch, auf dem ein Körper von einer weißen Krankenhausdecke verhüllt wurde. Er hob die Decke leicht an. Sofia blickte auf Massimos graue Schläfen, auf sein blasses Gesicht und die geschlossenen Augen mit den dichten Wimpern. Er war es. Es war ihr Mann, der da lag, und er war tot! Der Arzt hatte die Wahrheit gesagt. Sofia stützte sich auf seinen Arm. Wie sollte sie weiterleben? Was sollte sie tun? „Massimo", hauchte sie, und dann sah sie nur noch einen leichten Nebel vor den Augen. Ihre Knie wurden weich, sie spürte, wie irgendjemand sie festhielt. Wie durch Nebel hörte sie die Stimmen der Ärzte. Dann verlor sie das Bewusstsein.

Sofia blinzelte und öffnete langsam die Augen. Sie blickte in das Gesicht von Stefano. Wo war sie? Was war passiert? Sie versuchte den Kopf zu heben, doch ein stechender

Schmerz hielt sie zurück. Ihr Kopf dröhnte und in ihrer Brust verspürte sie ein schmerzhaftes Ziehen. Sie betrachtete Stefano verwirrt und plötzlich fiel ihr alles wieder ein. Das Krankenhaus, der Arzt, die schreckliche Nachricht ... Massimo, ihr geliebter Mann! Sie sah tausende von Bildern vor sich, glückliche Bilder: ihr erster Tanz mit Massimo, ihre gemeinsamen Abende in der kleinen Pizzeria, die Hochzeit im Dom von Palermo, und dann Berlin. Diese wunderbaren schrecklichen ersten Jahre, als alles neu und fremd war, als es das Wichtigste war zusammenzuhalten. Sie und Massimo, sie konnten die ganze Welt erobern. Und jetzt war er tot. Einfach tot. Sie schaute Stefano an. Tränen stiegen in ihre Augen. Stefano sah Massimo so unglaublich ähnlich. Sofia schluchzte auf. Was sollte sie nur ohne ihren geliebten Mann anfangen? Wie konnte man am Leben bleiben, wenn der Schmerz einen zerriss, wenn einem die Luft zum Atmen fehlte? Massimo war tot und er war ihr Leben gewesen. Sie weinte leise vor sich hin. Irgendwann hörte sie Stefanos Stimme. Wie durch Nebel drangen seine Worte zu ihr. „Mutter!“, sagte er. „Mutter. Bitte weine nicht mehr.“ Sofia schaute ihn durch Tränen an und spürte, wie er ihre Hand ergriff. „Stefano“, flüsterte sie und drückte seine Hand. Ihr Sohn, Massimos Sohn. Sie lächelte durch den Tränenschleier und plötzlich wusste sie, wofür es sich zu leben lohnte, wofür sie weitermachen musste ... Ihr einziger Sohn, Stefano.

Epilog

Stefano Monetti übernahm in den nächsten Jahren die Waffengeschäfte seines Vaters. Er war ein geachteter und gefürchteter Mann auf diesem Gebiet. Rosa ging mit ihren zwei Kindern zurück nach Italien. Sie konnte das Leben in Deutschland nicht mehr ertragen. Donna Sofia Monetti hatte niemanden mehr außer Stefano! Sie unterstützte ihren Sohn, so gut sie konnte, und sie trauerte weiter um ihren Mann, jeden Tag vermisste sie ihn mit der ganzen Kraft ihres Herzens.

Sechs Jahre nach Massimos Tod wurde Stefano bei einem Waffendeal verhaftet. Die Polizei beobachtete die Organisation schon lange und hatte nur auf den richtigen Moment gewartet um zuzuschlagen. Donna Sofia Monetti befreite ihren Sohn unter spektakulären Umständen aus der Untersuchungshaft: Sie schoss ihn frei und riskierte dabei selbst ihr Leben. Bei der Aktion wurde sie verhaftet und in das Frauengefängnis von Reutlitz überführt. Auf der langen Fahrt erinnerte sie sich an den Tag ihrer Ankunft in Berlin.

Sie sah alles genau vor sich, Massimo am Steuer und ihre über alles geliebten Söhne Luigi und Stefano auf der Rückbank. Sie glaubte noch Stefanos Stimme zu hören, wie er damals fragte: „Mama, wo ist denn hier der Hafen?“ Bei der Erinnerung lächelte Sofia traurig, doch sie sah mit gefasstem Blick nach vorne. Sie bereute ihre Tat nicht. Sie hatte das getan, was ihrer Meinung nach jede gute Mutter für ihren Sohn getan hätte.

Leseprobe:

Die Geschichte der Mona Suttner:

Lesen Sie hier einen Auszug aus Monas dramatischer Lebensgeschichte (bereits im Handel erhältlich):

Mona kramte nach ein paar Münzen und rief dann zu Hause an. „Mona“, meldete sie sich.

Die Mutter war dran. „Du hast Nerven“, sagte sie. „Kannst du dir nicht vorstellen, dass wir uns Sorgen um dich machen?“

„Und warum hetzt ihr dann die Polizei auf mich?“

„Kannst du mir verraten, wie wir dich sonst finden sollen?“

„Ihr gebt euch eben keine richtige Mühe“, schnauzte Mona. „Außerdem wollt ihr mich ja gar nicht. Und Papa ist ein Dieb, sag ihm das!“

„Mona, komm jetzt nicht auf die Tour! Mach dich sofort auf den Weg nach Hause, dann reden wir über alles.“

„Was gibt's denn da zu reden? Ihr habt mich doch ohnehin abgeschrieben! Warum sonst steckt ihr mich in so eine Anstalt?“

„Damit du erkennst, was du falsch machst! Dein Vater hat mir alles erzählt, und ich schäme mich für dich! Du … du bist eine Hure!“

„Fein, Mama, endlich mal rückst du mit der Wahrheit heraus. Und weißt du was? Das ist mir scheißegal. Ich komme nie wieder nach Hause, sondern bestimme selbst über mein Leben. Ihr könnt mich alle mal."

Damit hängte sie ein. Sie atmete tief durch, ihr Herz raste. Sie wusste, dass das ihr letzter Anruf bei den Eltern gewesen war. Sie gehörten ab jetzt der Vergangenheit an, genauso wie die Schule und alle so genannten Freunde. Das lag hinter ihr.

Sie ging in ein Café, um darüber nachzugrübeln, wie es weitergehen sollte.

Das Geld reichte gerade für zwei oder drei Tage, wenn sie einen kostenlosen Unterschlupf fand. Aber wohin sollte sie dann gehen? Sie kannte ja niemanden. Sie musste jetzt schon sehr gut nachdenken, damit sie nicht gleich wieder von irgendwelchen Bullen verknackt wurde und am Ende noch in einer Besserungsanstalt landete.

Tja, aber was sollte sie machen?

„Entschuldige bitte, wenn ich dich anspreche", erklang eine freundliche, irgendwie vornehme Stimme über ihr. Sie schaute auf. Eine etwa fünfzigjährige, gut situierte, wohlgenährte Frau stand an ihrem Tisch und lächelte sie an. „Du siehst aus, als könntest du einen Kaffee vertragen."

Mona deutete auf ihre leere Tasse.

Die Frau setzte sich ohne weitere Umstände neben sie, sie war vollbepackt mit Einkaufstüten. „Ach, es ist ein Kreuz", klagte sie. „Immer muss ich zu viel kaufen. Ich brauche eine Pause. Darf ich dich zu einem zweiten Kaffee einladen?"

„Warum das denn?", fragte Mona misstrauisch.

„Nun, weil junge Mädchen in der Regel nicht besonders flüssig sind, und ich außerdem glaube, dass das eine geschäftliche Besprechung wird."

Mona runzelte die Stirn. Tickte die Alte noch ganz richtig? Was wollte die von ihr?

„Einen kleinen Moment." Die Frau hatte ihre Tüten endlich platziert und fummelte in ihrer Handtasche. Sie reichte Mona eine glitzernde Visitenkarte. „Annagreta Karlsson, Casting" stand groß drauf; in der unteren Zeile war „Modelagentur Lebmann und Partner" mit Adresse und Telefonnummer angegeben.

„Meine Aufgabe ist es, nach unverbrauchten, jungen und hübschen Gesichtern auf der Straße Ausschau zu halten", erklärte Frau Karlsson. „Momentan bin ich zwar eigentlich außer Dienst, aber eine Gelegenheit lasse ich deswegen nicht einfach verstreichen. Du hast ein sehr hübsches Gesicht und eine tolle Figur, was ich so sehen kann. Hättest du nicht Lust, mal ein paar Probeaufnahmen zu machen? Natürlich nur unverbindlich, aber du wärst nicht die Erste, für die das der erste Schritt auf die Karriereleiter ist."

„Wie ... Sie machen die Aufnahmen?"

Frau Karlsson deutete auf die Visitenkarte. „Wir haben eine Agentur, die Models vermittelt, und zwar überallhin in die Welt. Vorwiegend für Modemagazine, aber natürlich auch für Modeschauen und all so was. Komm doch einfach mal vorbei und schau dir alles in Ruhe an. Wir arbeiten sehr seriös, sind also keine Mädchenhändler oder so was. ...

Vorschau:

Ab 22. Januar 2001:

Im Januar 2001 ist es endlich so weit. Pünktlich zur 150. Folge von Hinter Gittern erscheint die erste offizielle Chronik zur Serie. Exklusiv erhalten Sie alle Folgen in einem Band zum Nachlesen und erneutem Mitfiebern. Erleben Sie nochmals die schönsten und spannendsten Momente. Tolle Fotos sind garantiert.

Die Chronik zur erfolgreichen RTL-Serie